Göttlicher Wille

Translated to German from the English version of Divine Will

Geetha Ramesh

Ukiyoto Publishing

Alle globalen Veröffentlichungsrechte liegen bei

Ukiyoto Publishing

Veröffentlicht im Jahr 2024

Inhalt Copyright © Geetha Ramesh

ISBN 9789364942928

Alle Rechte vorbehalten.
Kein Teil dieser Veröffentlichung darf ohne vorherige Genehmigung des Herausgebers in irgendeiner Form auf elektronischem, mechanischem, Fotokopier-, Aufnahme- oder anderem Wege reproduziert, übertragen oder in einem Abrufsystem gespeichert werden.

Die Urheberpersönlichkeitsrechte des Urhebers wurden geltend gemacht.

Dies ist ein Werk der Fiktion. Namen, Charaktere, Unternehmen, Orte, Ereignisse, Schauplätze und Vorfälle sind entweder das Produkt der Phantasie des Autors oder werden auf fiktive Weise verwendet. Jede Ähnlichkeit mit tatsächlichen Personen, lebenden oder toten, oder tatsächlichen Ereignissen ist rein zufällig.

Dieses Buch wird unter der Bedingung verkauft, dass es ohne vorherige Zustimmung des Verlegers in keiner anderen Form als der, in der es veröffentlicht wird, verliehen, weiterverkauft, vermietet oder anderweitig in Umlauf gebracht wird.

www.ukiyoto.com

Widmung

DIESES BUCH IST MEINEM GROSSVATER J RAMASAMI
GEWIDMET, DER EIN SPIRITUELLES LEBEN FÜHRTE
UND DIE GÖTTLICHKEIT IN ALLEN WESEN SAH

Inhalt

Einleitung	1
Kapitel 1	4
DENKPROZESS	4
Kapitel 2.	11
Selbstkontrolle.	11
Kapitel 3	18
Stabilität des Geistes	18
Kapitel 4	23
Befestigung und Ablösung	23
Kapitel 5	28
Input beeinflusst das Denken.	28
Kapitel 6	33
Meditation	33
Kapitel 7	37
Universelle Liebe	37
Kapitel 8	45
Meine persönliche Erfahrung und meine spirituelle Reise	45
Kapitel 9	50
Swami Vivekananda	50
Kapitel 10	54
Fazit	54

Einleitung

Meine demütigen Grüße an die Mitseelen dieser menschlichen Rasse. Dieses Buch ist eine Hingabe in Liebe und Dienst an der ganzen Menschheit.

Seit meiner Kindheit habe ich über die Existenz der Welt nachgedacht, die sie erschaffen haben könnte und was all das ist, was Tag und Nacht passiert.

Noch bevor ich darüber nachdenken konnte, was um mich herum passiert, wurde ich in den Strudel der weltlichen Existenz gezogen.

Damals wusste ich noch nicht, dass das Leben, das wir führen, bereits für alles und jedes, was wir tun, vorkonzipiert ist. Eine innere Kraft aus unserem Inneren regiert uns bereits.

Ich habe bereits sechzig Jahre meines Lebens in dieser Welt gelebt. Welches Wissen oder welche Erfahrung ich auch immer gesammelt habe, ich möchte es mit euch allen teilen.

Das Leben ist nicht mehr das gleiche wie vor fünfzig Jahren. Wissenschaft und Technologie haben sich auf der einen Seite verbessert, während auf der anderen Seite die Zunahme von Gewalt und Kriminalität zugenommen hat. Die Moral ist gesunken. Egoismus hat Opferbereitschaft und Selbstlosigkeit ersetzt.

Obwohl wir in allen Bereichen über Globalisierung sprechen, ist die wahre Globalisierung die Einheit der Köpfe. Wir brauchen mehr echte Liebe. Liebe zur Menschheit, Großzügigkeit, Toleranz, Geduld und Mitgefühl.

Die grundlegende Sache, die die Menschheit benötigt, ist die Eroberung des Selbst. In dem Moment, in dem du dich selbst erobert hast, bist du der Meister deines eigenen Selbst. Keine Kraft auf Erden kann es jemals wagen, dich zu erschüttern.

Diese Eroberung des Selbst muss früh im Leben gelehrt werden. Dies ist die wichtigste Grundlage für das Leben eines jeden Menschen.

Das Selbst kann wiederum in zwei Ebenen unterteilt werden, die physische Ebene und die mentale Ebene. Das Brutto-Niveau und das subtile Niveau. Es gibt etwas, das das höhere Selbst oder das göttliche Selbst genannt wird, das uns regiert.

Das körperliche Niveau wird in körperliches Wachstum und Gesundheit unterteilt. Die mentale Ebene besteht aus drei Teilen: Superbewusstsein, Subbewusstsein und Bewusstsein. Ob es sich um die körperliche oder geistige Ebene handelt, hängt alles von dem Input ab, den es erhält. Das Denken ist der Hauptsamen im Leben eines jeden, der der Grundstein unseres Lebens ist. Unser Schicksal oder unser Karma basiert auf Gedanken. Wie der Geist hat auch der Körper Erinnerungen. So wie sich unser Körper von der Geburt bis zum Tod ständig verändert, wird auch unser Geist unser ganzes Leben lang nicht mehr derselbe sein. Es verändert sich ständig. Wenn es sich ändert, ändert sich auch unsere Einstellung, unser Verhalten, unsere Gewohnheiten, unser Charakter und unsere Persönlichkeit.

Aber es gibt etwas namens Fundament, das mehr für den Körper als für den Geist gilt. Der Input für den Körper ist die Nahrung, die die Mutter während der Schwangerschaft zu sich nimmt. Daher ist die Rolle der Mutter sehr wichtig. Denn sie legt den Grundstein eines Individuums nicht nur körperlich, sondern auch für seine mentale Struktur.

So wie unser Körper auf der Grundlage unserer Gene, unserer Vererbung und der Aufnahme von Nahrung, Übungen und Entspannung, die wir ihm geben, gebildet wird, wird auch unser Geist auf der Grundlage unserer Gene und des Inputs, den wir ihm geben, gebildet. Wenn wir einen Schritt voraus sind, hat der Geist auch Erinnerungen an seine früheren Geburten.

Unser höheres Selbst ist nichts anderes als unsere Seele, die von Natur aus göttlich ist. Es ist die Seele, die ihre Mutter wählt, bevor sie in den Mutterleib eintritt. Bei der Wahl der Gebärmutter wählt sie auch ihr eigenes Schicksal, die Folgen der Geburt in dieser Gebärmutter.

Deshalb ist eine Frau in ihrer Rolle als Mutter definitiv wichtiger. Sie ist eine Energieform (Shakti). Frauen können alles ertragen. Sie sind das Kraftpaket der Toleranz und Geduld. Sie ist wie eine Kerze, die die Welt mit ihrer Liebe erleuchtet. Frauen verbrennen ihre Energie in der Erziehung von Kindern und Familie.

Alle Lebewesen auf dieser Erde sind eine Zusammensetzung aus beiden Qualitäten von Positivität und Negativität. Sie sind zwei verschiedene Seiten derselben Medaille.

Kommen wir zum eigentlichen Buch, in dem der Schwerpunkt mehr auf die Stabilität des Geistes und die Selbstbeherrschung gelegt wird. Bevor man in allen Situationen zur Kontrolle des Geistes und zur Stabilität übergeht, muss der Denkprozess genau beobachtet werden.

Die meisten Ideen dieses Buches basieren auf den Lehren von Swami Vivekananda und der Bhagwat Gita. Dies sind alles Lehren der Hindu-Religion, die seit Jahrhunderten weitergeführt werden. Ich habe mein Bestes versucht, um all diese Lehren hervorzuheben, den Jugendlichen dieser **Zeit** zuliebe.

Um unseren großen indischen spirituellen Meister Swami Vivekananda zu zitieren: "Es kann sein, dass ich es gut finden werde, aus meinem Körper herauszukommen, ihn wie ein ausgedientes Kleidungsstück abzulegen. Aber ich werde nicht aufhören zu arbeiten! Ich werde die Menschen überall inspirieren, bis die Welt weiß, dass sie eins mit Gott ist."

Ich fühle mich verantwortlich und finde es meine Pflicht, mein Wissen von diesem großen spirituellen Riesen Swami Vivekananda zu teilen. Er hat einen riesigen Wissensschatz aufbewahrt, der auf seine verschiedenen Bände verteilt ist. Ich habe mein Bestes versucht, dieses Wissen auf den Punkt zu bringen, damit der einfache Mann es verstehen kann.

Kapitel 1
DENKPROZESS

*Foto vom Autor aufgenommen

Die meisten von uns haben den Eindruck, dass sich der Geist im Körper befindet. Eigentlich ist es umgekehrt. Der Körper ist im Geist. Wie Atem, wie Luft, wie Licht, wie Gott können wir den Geist nicht sehen. Alles Große und Wunderbare wird als ein Geheimnis aufbewahrt, das unsichtbar, aber mächtiger ist. Das ist das wunderbare Spiel des Übernatürlichen.

Unser menschliches System ist auch wie ein Computer, die Eingaben, die wir dem System geben, sind wie die Programme eines Computers. Inputs hauptsächlich als Nahrung konzentrieren sich nicht nur auf die Entwicklung des Körpers, sondern auch auf den Geist. Der Geist nimmt Input aus verschiedenen Quellen durch die Sinne auf. Angenommen, eine Person ist ohne alle Sinne. Er ist blind, stumm und taub. Wird sein Verstand funktionieren? Ja, sein Verstand funktioniert immer noch. Wie der Körper hat auch jeder einen Geist. Wir sind aufgrund unseres Geistes und unserer Gedanken einen Schritt größer als die Tiere. Es sind Gedanken, die den Menschen mächtiger machen. Gedanken machen einen Mann. Du wirst, was du denkst Alle Eingaben, die wir durch unsere Sinne erhalten, beruhigen sich schließlich als Gedanken und Eindrücke in unserem Geist.

Unser Geist ist die Speicherung von Millionen und Abermillionen solcher Eindrücke, die im Laufe der Jahrhunderte aufgezeichnet wurden. In der hinduistischen Religion sind diese Eindrücke die Grundlage des Karmas. Unser Schicksal selbst wird von diesen Eindrücken bestimmt, zu denen auch unsere Geburt und unser Tod gehören.

Jede Sekunde verschmähen wir jede Menge Gedankenaufzeichnungen und Neuaufnahmen. Der Prozess geht weiter. Physisch sind wir alle kleine Inseln aus Fleisch und Blut. Obwohl die Wähler für alle gleich sind. Auch auf der mentalen Ebene sind wir alle kleine Blasen, die mit unseren Gedankeneindrücken gebündelt sind. Aber alle Blasen sind Teil desselben Ozeans. Wir sind alle Teile einer riesigen universellen Masse.

Obwohl Gene und die Eingaben, die wir als Eindrücke erhalten, wenn wir im Mutterleib sind, teilweise für unseren Charakter, unsere Kindheit und die Menschen um uns herum verantwortlich sind. Die Vorfälle, auf die wir stoßen, die Inputs, die wir durch unsere Sinne erhalten, all das, was uns von der Kindheit bis zur Jugend begegnet, sind die Hauptgrundlage für den Denkprozess.

Bis zur Jugend wachsen die Gedanken wie ein Baum, im mittleren Alter gibt es uns viele Erfahrungen, um im Alter zu kauen.

Lasst uns nicht ein Kieselstein im fließenden Fluss sein, lasst uns die tosende Welle selbst werden, die im Ozean auftaucht.

*Foto vom Autor aufgenommen

Während unserer Lebensspanne begegnen wir verschiedenen Arten von Personen um uns herum. Die wichtigen Charaktere in unserem Leben sind sehr oft Wiederholungen aus mehreren Geburten. Daher ist die Beziehung zu Menschen ausschlaggebend für die Gestaltung unseres Schicksals. Tatsächlich hängt unser ganzes Leben davon ab. Kein Mensch ist eine Insel. Obwohl wir körperlich und geistig getrennt sind, sind wir alle Teil einer riesigen Universellen Messe.

Die Summe der Gedanken einer Gruppe von Individuen ist sehr wichtig. Es hat Nationen bewegt. Es hat Geschichte geschrieben. Sie hat viele Entwicklungen und Revolutionen hervorgebracht. Der Erste und Zweite Weltkrieg und Epidemien sind Beispiele für einen solchen Massenanstieg. Das ist auf der Makroebene.

Selbst auf der Mikroebene treibt massenhaftes Denken und Reagieren einen Menschen auf einen falschen Weg, den er wählt. Zum Beispiel denkt eine Gruppe von Individuen, meist Familienmitglieder, dass so und so nutzlos ist, so und so faul ist, so und so vagabundiert ist und so und so intelligent ist, schön ist usw. Wir können viele solcher Sätze hinzufügen, was den Einzelnen nur zu einem falschen Bild von sich selbst führt.

Einige sind Z mit ausgezeichneten Talenten, Intelligenz und sogar mit gutem Charakter und einem liebevollen Herzen, aber ironischerweise ruinieren ihre schlechten Gewohnheiten und Manieren die meiste Zeit ihr Leben selbst. Einige mögen langweilig und weniger gehorsam und diszipliniert sein, aber ihr Leben wird hervorragend ausgehen. Sehr oft können es Kinder sein, die aus derselben Gebärmutter geboren und von denselben Eltern erzogen wurden, wo der Unterschied liegt.

Haben Sie sich jemals gefragt, warum manche Menschen Verbrechen begehen? Verbrechen verschiedener Art wie Mord, Vergewaltigung, Bombenexplosion und Terrorismus. Während einige anfälliger für Selbstmord sind. Viele sind entweder verrückt oder Psychopathen geworden. Die Ursache von allem beginnt in der Kindheit selbst. Gesellschaft, Eltern, Lehrer, Freunde, Familienmitglieder, Nachbarschaft, ihre Vorfahren in Form von Genen sind zu beschuldigen. Erforschen Sie die Geschichte eines jeden Individuums, alles geht auf seine Kindheit zurück.

Man könnte auf verschiedene Arten von Personen um sie herum gestoßen sein, die positiven, die negativen, die neutralen, den runden Charakter, dh Menschen mit allen Emotionen und Einstellungen, Mischung aus allem und dem flachen Charakter (entweder positive oder negative Seite von ihnen wird hervorgehoben.)

Aber alle Seelen, ob er eine positive Person oder ein negativer Charakter ist, haben ihre eingehende Göttlichkeit in sich. Im Grunde sind alle Seelen göttlich, und sie sind Strahlen von einem Universellen Meister.

Seelen können nicht zerstört werden. Tatsächlich können sie auch nicht gesehen werden. Die Schönheit der Universellen Seele ist überall zu sehen. Universelle Seele, wenn sie zersplittert ist, während Individuen eine sehr lange Reise durchlaufen, die mehrere Geburten erfordert. In jeder Geburt sammelt das Bewusstsein bestimmte Erinnerungen, die es vorwärts tragen. Der Zweck unserer Existenz hier auf dieser Erde ist es, zu lernen. Durch unsere Erfahrungen in jeder Geburt zu lernen, bis schließlich die individuelle Seele mit der universellen Seele verschmilzt. Die Hauptbühne für dieses universelle Lernen ist der Geist und seine Gedanken.

Emotionen sprudeln wie Springbrunnen aus Gedanken. Jetzt sind Emotionen, wie Gedanken, verschieden in Farben. Häufiges Nachdenken über denselben Gedanken verleiht dem Gedanken Kraft und Energie. Dies gilt für alle Arten von Emotionen.

Gerade in der Liebe ist das sehr offensichtlich. Zwei Individuen mögen meilenweit voneinander entfernt sein, aber die Kommunikation zwischen den beiden Seelen geschieht wie ein Blitz. In ähnlicher Weise im Hass. Eine Emotion breitet sich von einem Individuum zum anderen aus. Alle Emotionen, ob negativ oder positiv, haben ihre eigene Kraft und Schwingung.

Manchmal kann eine positive Emotion wie Liebe negative Gedanken wie Angst, Eifersucht, Besitzgier und Anhaftung hervorrufen. Eltern haben zu viel Liebe für ihre Kinder, dass sie Angst in ihnen hervorruft. Haben Sie sehr oft bemerkt, dass sich Mütter mit den negativen Ängsten um ihre Kinder sorgen? Väter denken negativ über die Zukunft ihres Sohnes. Diese unnötigen Gedanken und Ängste ruinierten das Leben vieler Menschen. Immer wenn eine Person sehr ernst mit der Krankheit ist, werden die meisten von ihnen negative Gedanken an die Angst vor dem Tod haben.

Denken Sie immer positiv. Erweitern Sie Ihre Positivität auf das Maximum, wenn Sie der anderen Person wirklich helfen wollen. Denken Sie positiv über Ihre Kinder nach. Es wird auf jeden Fall ihre Persönlichkeit und Moral stärken. Positive Gedanken an eine kranke Person werden ihn heilen und zur Genesung führen.

Zweifellos ist die Feder mächtiger als das Schwert, aber noch mächtiger ist der Geist und seine Gedanken. Manchmal wird der Geist so grausam, dass Menschen aus Liebe zu ihrer Kaste oder ihrem Status ihre eigenen Kinder töten.

*Foto vom Autor aufgenommen

Kapitel 2.
Selbstkontrolle.

In diesem Kapitel werden wir sehen, wie Emotionen aus Gedanken entstehen. Ein einziger Gedanke kann so winzig wie ein Senf in unseren Geist eindringen. Irgendwann, abhängig von den Situationen um uns herum, wird es uns wie einen Berg oder einen Vulkan einbeziehen. Ein guter Gedanke ist immer willkommen und ein Segen. Ein negativer Gedanke, wenn er von keinem Individuum richtig kontrolliert und kontrolliert wird, wird sein eigenes Leben ruinieren. Deshalb sehen wir so viele Morde, Selbstmorde, Vergewaltigungen, Bombenanschläge, Gewalt und was auch immer.

Glauben Sie, dass die Individuen oder Gruppen, die diese negative Handlung verfolgen, sich ihrer Konsequenzen nicht bewusst sind? In vielen Fällen sind sie in der Tiefe ihres Herzens gutmütiger und aufgeschlossener als ein typischer guter Mensch.

Wissentlich oder unwissentlich haben sie aufgrund von Situationen, Personen und Umständen den Samen der Negativität in ihren Köpfen gesät. Sie sind in ihrem eigenen Spinnennetz gefangen, aus dem sie nur schwer herauskommen können.

Viele der Verbrechen, insbesondere Selbstmorde, ereigneten sich nicht plötzlich an einem schönen Tag. Das waren die Kakteen und Unkräuter der Negativitäten, die sich im Laufe der Jahre in ihren Köpfen abgelagert haben.

Negativität auf Basisebene ist nur ein Klatsch, der die Lebensgeschichte eines anderen Individuums mit voller Begeisterung und Freude durch eine Gruppe von Individuen zerreißt. Auf der Makroebene, die der Krieg selbst ist.

Ich persönlich habe das Gefühl, dass der häufige Ausbruch von Pandemien wie Schweinegrippe, Corona usw. die Summe aller negativen Eindrücke ist, die von einzelnen Köpfen im Laufe der Jahre gesammelt wurden. In der Vergangenheit brach es als Krieg wie der 1. und 2. Weltkrieg aus.

Was ist Ihrer Meinung nach im Grunde die Grundursache von Kriegen? Auf der unteren Ebene ist es Gier, Eifersucht, Egoismus, Hass und Angst.

Selbst Tiere steigen nicht wie Menschen auf die Ebene. Wir müssen die Kunst entwickeln, uns selbst zu kontrollieren. Heutzutage nehmen auch kriminelle Aktivitäten wie Mordentführungen usw. zu. In letzter Zeit gab es die Nachricht, dass eine Frau aus Karnataka ihren eigenen 4-jährigen Sohn ermordet hat, damit er seinen Vater nicht trifft. Das ist der Höhepunkt von Eifersucht und Egoismus.

Nur weil viele Kriminelle sind, heißt das nicht, dass andere Heilige sind. Alle Seelen müssen mehrere Stufen durchlaufen, bevor sie schließlich erleuchtet und mit dem universellen Bewusstsein verschmolzen werden. Es ist, als ob ein Fluss durch mehrere Berge und Gruben fließt, bevor er in den Ozean mündet. Der physische Körper durchläuft vom Säuglingsalter bis ins hohe Alter mehrere Stadien. In seinem physischen Wachstum durchläuft der Geist und das individuelle Bewusstsein eine lange Reise. Es ist an jeder einzelnen Seele, verschiedene Charaktere zu durchlaufen, nicht nur in einer Geburt, sondern in mehreren Geburten. Wir sind wie Schauspieler, die auf der Bühne spielen. Also nichts ist dauerhaft in der Weltbühne. Ein armer Mann kann bei seiner nächsten Geburt reich sein. Ein Bettler könnte in seiner vorherigen Geburt Millionär gewesen sein, eine schöne Frau könnte vor zwei Geburten ein hässliches Entlein gewesen sein. Ein Krimineller oder sogar ein Vergewaltiger könnte in seiner früheren Geburt ein Heiliger gewesen sein. Nichts ist dauerhaft

Sobald die obige Wahrheit in den Köpfen aller verankert ist, könnten viele der Probleme gelöst werden. Auch massive Probleme auf nationaler und internationaler Ebene können gelöst werden.

Selbstkontrolle auf individueller Ebene kann nur erreicht werden, wenn wir die universelle Wahrheit auf unserer unbewussten Ebene registrieren.

Es gibt nur ein paar Dinge zu beachten.

Der Tod ist sicher. Alle, die geboren werden, müssen sterben. Während der Tod sicher ist, ist der Zeitpunkt unseres Todes nicht sicher. Es gibt kein Eigentum an irgendjemandem. Was auch immer wir als Reichtum, Gesundheit, Status, Kaste, Bildung besitzen, ist alles vorübergehend und verschwindet in dem Moment, in dem du stirbst. Nur der Tod ist die Wahrheit. Ruhe ist alles Bühnenspiel. Es gibt kein Gut, Schlecht, Positiv und Negativ, Glück und Leid, Gewinn und Verlust, Hitze und Kälte. Sie alle sind wechselnde Muster, die jeder hier auf der Erde erleben muss. Wir sind hierher gekommen, um zu lernen, lasst uns mit Wissen sterben.

Bestes Wissen ist, etwas über uns selbst zu lernen. Ein König mag mehrere Königreiche erobert haben, aber er ist kein wahrer Krieger, wenn er sich nicht selbst erobert hat. Die Kontrolle über sich selbst liegt nicht nur darin, deine Gedanken und Emotionen auszugleichen, sondern auch in der Fähigkeit, natürliche Tendenzen zu überwinden. Jedes Mal, wenn du erfolgreich aus einer bestimmten Emotion herauskommst, wirst du stärker. Denke, es war ein Test deiner Willenskraft durch die Vorsehung. Wenn Gedanken wie Samen sind, sind Emotionen und Gefühle wie versteckte Pflanzen, die in jeder geeigneten Situation sprießen werden. Sich diesen Situationen mit ausgewogenem Denken und Gefühlen ohne viel Aufruhr oder Schaden zu stellen, stärkt deinen Willen. Stärkerer Wille und starke Männer machen eine bessere Gesellschaft und Nation aus.

Das bedeutet nicht, dass die Welt voller Rosen und ohne Dornen sein sollte. Alle Rosen müssen mit Dornen versehen sein. Was wird das Leben ohne Schwierigkeiten oder Negativitäten sein? Es wird eine totale Langeweile sein, wie ein Film ohne Bösewicht.

Grundsätzlich sind die folgenden die wichtigsten negativen Emotionen, die in jedem Individuum entstehen. Angst, Ego, Verlangen, Eifersucht, Egoismus, Hass, Lust, Gier, Wut, Faulheit, Intoleranz, Ungeduld, Impulsivität, Zweifel und Fanatismus. Angst ist eine angeborene Eigenschaft in allen Lebewesen. Es ist instinktiv und augenblicklich in der Natur. Mit Ausnahme von Fanatismus und Ego sind alle oben genannten Gefühle sowohl bei Menschen als auch bei Tieren üblich. Wo liegt der Unterschied? Alle oben genannten Emotionen werden in allen Individuen vorhanden sein. Die Art und Weise, wie Sie das Gefühl je nach Situation überwinden, bringt Harmonie und Ausgeglichenheit in Ihr Leben. Je mehr Sie Menschen und Situationen ausgesetzt sind, desto mehr verstricken Sie sich in eine der oben genannten negativen Emotionen. Wie ein Krieger musst du alles als Herausforderung annehmen.

Lassen Sie uns über unseren Hauptfeind, die Angst, sprechen. Obwohl Angst bei Tieren üblich ist, haben sie nur eine Angst, nämlich den Tod. Aber die Menschheit hat eine sehr große Liste von Ängsten: Tod, Krankheit, Ehe, Scheidung, Arbeit, Menschen, Angst, jemanden oder etwas zu verlieren, Beleidigung, Angst vor Verlust, Hass verbunden mit Angst vor Katzen, Hunden, Schlangen, Eidechsen, Kakerlaken, Angst vor dem Scheitern, Dunkelheit, schwarze Magie, Feinde, Räuber, Terrorismus usw.

Die Angst vor Tod und Krankheit ist natürlich und liegt nicht in unseren Händen. Aber die anderen Arten von Angst können beseitigt werden. Je mehr du solche Ängste beseitigst, desto selbstbewusster wirst du. Angst ist die größte Herausforderung, der wir uns stellen können. Hat jemand zum Beispiel Bühnenangst, kann er bewusst auf Bühnen auftreten und performen. Je mehr er tut, desto mehr wird seine Angst beseitigt.

Ähnliche Übungen können wir auch für andere Emotionen machen. Vor jedem Problem wegzulaufen, ist nicht die Lösung. Die Natur wird dich mit dem Problem konfrontieren, bis du von dieser bestimmten Emotion befreit wirst. Das bedeutet nicht, dass man Tiger und Schlangen ausgesetzt sein sollte. Wir sollten unsere Denkweise beibehalten, immer bereit sein, uns allem zu stellen und niemals in Panik zu geraten. Die Lektion der Selbstbeherrschung zu lernen, ist im Leben sehr wichtig. Bestimmte Vorfälle und die gleiche Art von Menschen wiederholen sich immer wieder in unserem Leben, da unsere Gedanken durch häufiges Denken in eine Richtung angeregt wurden. Wir sind nicht reif genug, um aus ähnlichen Situationen siegreich hervorzugehen. Es kann sogar ein ganzes Leben dauern, es zu lernen.

Das Ego denkt zu hoch von sich selbst. Alle Geschöpfe, insbesondere die Menschen, sind auf dieser Erde gleich. Wir bestehen aus der gleichen Zusammensetzung. Zu viel an sich selbst zu denken, ist nur Dummheit. In dieser Geburt kann jemand ein Bettler sein. Er könnte bei seiner nächsten Geburt König werden, und ein Neger könnte bei seiner nächsten Geburt als Weißer geboren werden. Ein Krimineller kann bei seiner nächsten Geburt ein Heiliger sein. Ein Brahmane könnte in seiner früheren Geburt ein Shudra gewesen sein. Eine schöne Frau könnte in ihrer vorherigen Geburt ein hässliches Entlein gewesen sein, alles ist vorübergehend und zeitgebunden. Es gibt nichts, worauf man stolz sein kann. Was immer wir erreichen, ist auch nur möglich, wenn die Natur uns den Segen gibt.

Apropos Begehren, das Begehren nach der Menschheit ist sehr groß wie ein Ozean. Es gibt keine Grenzen. Wie Gedanken ändert sich auch das Verlangen in jedem Alter und manchmal von Monat zu Monat, von Mensch zu Mensch. Was den Wunsch betrifft, ist es besser, wir analysieren und beobachten uns selbst. Wünsche, die anderen und sich selbst nicht schaden, können erfüllt werden.

In deinem Eifer, dich selbst zu ändern und dich selbst zu kontrollieren, unterdrückst du dich niemals deiner natürlichen Triebe, Gedanken und Verhaltensweisen. Unterdrückung führt nur zu Aggressivität. Jeder natürliche Gedanken- oder Gefühlsfluss lässt ihn einfach fließen.

Du bist keine Insel von Denkmustern. Du bist immer ein Teil des gemeinschaftlichen Gedankenflusses. Die allgemeinen Denkmuster in und um dich herum werden definitiv Auswirkungen auf dich haben. Es ist wie bei gewöhnlichem Wetter. Haben Sie jemals bemerkt, dass eine Person im Klassenzimmer oder in einem Büroraum, wenn sie düster ist, das Gefühl auf den ganzen Raum überträgt? Wenn gelacht wird, ist der ganze Ort voller Glück.

Kommen wir nun zurück zum Begehren. Wenn ein Wunsch nicht kontrolliert wird, wird er zur Sucht. Es ist der Wunsch nach Kaffee oder Alkohol, der eine Person kaffeesüchtig oder betrunken macht. Sucht tötet sehr oft die Person selbst. Sobald wir Opfer einer Gewohnheit werden, ist es sehr schwierig, herauszukommen. Wir müssen uns hinsetzen und analysieren und beraten, bevor wir einen Beschluss fassen, um die Gewohnheit zu beseitigen. Selbst dann kann es Jahre dauern, diese Gewohnheit auszurotten. Eine Methode besteht darin, Schritt für Schritt zu reduzieren. Angenommen, wir trinken 6 Kaffee am Tag. Wir können es schrittweise von 5,4,3,2 herunterfahren.

Und wenn Sie es auf einen Kaffee reduzieren, kann es noch länger dauern, ihn auszurotten. Wenn Sie sich nicht vor den Konsequenzen warnen, wird dies Ihre Gesundheit beeinträchtigen, es ist schwierig, diesen letzten Kaffee zu stoppen. oder es gibt eine andere Methode, Kaffee durch ein Gesundheitsgetränk oder eine Suppe usw. zu ersetzen.

Spätes Aufwachen oder Vorsätze für Übungen und Meditationen sind die häufigsten Nachteile, mit denen Menschen im Allgemeinen konfrontiert sind. Nur wenn Sie ein starkes Ziel erreichen, können Sie diese Nachteile überwinden.

Um andere negative Emotionen außer Fanatismus zu beseitigen, müssen wir uns bewusst testen, indem wir solche Situationen schaffen, in denen wir Eifersucht, Hass, Egoismus usw. bekommen. Aber vorher müssen wir uns mental vorbereiten. Und indem wir unseren Willen stärken, können wir aus diesen Situationen siegreich herauskommen. Wir müssen lernen, selbstloser zu sein. Selbstlosigkeit ist eine sehr hohe und edle Eigenschaft, die nicht nur unseren Geist erweitert und unseren Willen stärkt, sondern uns auch universell macht. Indem wir selbstlos werden und Opfer bringen, kommen wir der Natur, der Schöpfung selbst, näher. Wir werden von Natur aus universell.

Heute wird immer mehr universelle Liebe und universelle Verantwortung benötigt. Die Menschen haben es versäumt, sich an die universelle Wahrheit zu erinnern, dass wir alle verschiedene Komponenten desselben Universums sind, sowohl auf der groben als auch auf der subtilen Ebene, sowohl auf der physischen als auch auf der mentalen Ebene. Wenn wir uns nicht bewusst daran erinnern, können wir es nicht in unserer Routine zur Praxis bringen. Bewusstes und regelmäßiges Üben ist erforderlich.

Die Menschen sind in letzter Zeit fanatischer und kontroverser geworden. Es gibt Gruppen und Clans innerhalb einer Nation, innerhalb einer Religion, innerhalb eines Staates, innerhalb einer Partei, innerhalb einer Kaste usw. Wenn Sie ein kleines Unternehmen oder 4 oder 5 Personen mitnehmen, finden Sie darin zwei Gruppen. Fanatismus ist eine erweiterte Form des Egos. Die Ausrottung des Fanatismus auf Basisebene ist für alle Nationen viel besser.

Selbst wenn wir den ganzen Tag über im Gleichgewicht sind, wenn eine fortgeschrittene Situation entsteht, reagieren wir entsprechend den in unserem Unterbewusstsein gespeicherten Emotionen. Lassen Sie uns im nächsten Kapitel über die Stabilität des Geistes sprechen.

*Foto vom Autor aufgenommen

Kapitel 3
Stabilität des Geistes

*Foto vom Autor aufgenommen

Wenn wir von Stabilität des Geistes sprechen, sollten wir nicht vergessen, uns an einen biologischen Grund zu erinnern, nämlich die Ausschüttung von Hormonen. Hormone spielen eine wichtige Rolle in unserem Verhaltensmuster. Unser Denkmuster kann auf unserem internen und externen Wissen basieren, aber das Verhalten hängt hauptsächlich von biologischen Faktoren ab.

Eine Person kann im Herzen sehr gut sein, gut erzogen und im Grunde selbstbeherrscht sein, aber wenn es eine Störung in ihrem Körper aufgrund hormoneller Veränderungen oder gesundheitlicher Probleme gibt, ist es sehr wahrscheinlich, dass sie frustriert und vor Wut provoziert wird. Er kann vor Wut ausbrechen und aufbrausend werden. Manchmal verschlimmern sich die Menschen aufgrund des extremen Sommers und werden aufgrund des Winters faul.

Besonders bei Frauen gibt es ein Symptom, das als prämenstruelle Anspannung bezeichnet wird. Aufgrund chemischer Veränderungen im Körper neigen die Frauen dazu, aggressiv, streitsüchtig, manchmal gewalttätig und sogar lustvoll zu werden.

Wenn geistige Stabilität erreicht wird, können die meisten Scheidungen reduziert werden. Stabilität des Geistes unterscheidet sich von Selbstkontrolle. Stabilität des Geistes ist, wie wir auf eine bestimmte Situation reagieren. Die innere Veränderung in jedem Menschen kann nur herbeigeführt werden, wenn seine Überzeugungen, Meinungen, Einstellungen und seine innere Speicherung von Informationen weitreichend verändert werden. Eine Änderung der internen Speicherung von Informationen ist keine Möglichkeit, da es sich um einen Prozess handelte, der von Kindesbeinen an stattfand. Mit zusätzlichen Informationen können nur die Überzeugungen, Meinungen und Einstellungen geändert werden. Die Welt ist wie ein Wald, voller Dornen, wilder Tiere und anderer Naturkatastrophen. Du kannst die Welt nicht verändern, wenn du beschützt werden willst, musst du vorsichtig sein. Aber ein komfortables und säkulares Leben zu führen, wird dem Zweck nicht dienen. 100 % puritanisch zu sein, ist wie eine Wand oder ein Holz. Das Leben hier auf der Erde ist experimentell. Du bist gekommen, um die verschiedenen Farben und Dramen des Lebens zu erleben. Es ist besser, einen Fehler zu machen und im Laufe unseres Handelns zu lernen, als wie ein Stein zu sitzen, ohne Handlung oder Emotion. Daher ist deine Erfahrung in dieser Welt und wie du mit den Situationen und Menschen in deinem Leben umgehst, wichtiger. Dein Geist ist der Hauptspielplatz oder die Bühne, auf der alles umgesetzt wird. Wir mögen das Gefühl haben, dass so viele Dinge auf der physischen Ebene oder in der Außenwelt passieren, aber das eigentliche Drama oder Spiel findet im inneren Geist statt.

Der Geist ist eine Stufe, die alle Eindrücke empfängt und dem Körper befiehlt, entsprechend zu handeln.

Am Ende deines Lebens wirst du erkennen, dass sich alles so schnell wie ein Traum bewegt hat und nur Erinnerungen entstehen. Sehr oft sind Menschen, die Fehler oder Sünden begehen, nicht unschuldige oder unwissende Menschen, sondern sehr intelligente und sachkundige. Es hat keinen Sinn, am Ende deines Lebens Buße zu tun.

Selbstbeobachtung und Selbstbeobachtung ist sehr wichtig, wenn wir Stabilität in unserem Geist erreichen wollen. Achte im Allgemeinen auf deinen Geist. Was ist der Verlauf seiner Gedanken? Wie der Geist auf eine bestimmte Situation reagiert, wann sich das Verhalten ändert und in welcher Situation, muss beobachtet werden. Dies sind alles wichtigere Aspekte für jede Person als die weltliche Unterhaltung, der sie sich hingeben. Hast du bemerkt, dass die meisten wichtigen Wellen deines Geistes ihre Wurzeln in deiner Kindheit haben? Ihre Transformation zu einem besseren Menschen hängt hauptsächlich von Selbstbeobachtung, Selbstbeobachtung, Verhör, Analyse und Reinigung ab.

Wir können ein vollständiges Diagramm unseres Lebens erstellen, indem wir unser Selbst analysieren. Was sind unsere Vor- und Nachteile? Was sind unsere Überzeugungen und Einstellungen? Was sind unsere Ziele und Erfolge? Was war unser Erfolg und Misserfolg? Es gibt drei verschiedene Bilder von jeder Person. Was er eigentlich ist, was er eigentlich sein will, wie ihn die Leute sehen. Es ist besser, alle drei zu einem zu machen.

Listen Sie alle Ihre negativen Eigenschaften und Ihre positiven Eigenschaften auf. Was willst du in diesem Leben eigentlich erreichen? Es ist besser, ein Ziel zu haben. Ohne Ziele gibt es keinen Sinn im Leben. Haben Sie ein Ziel und engagieren Sie sich für dieses Ziel. Wenn Sie sich aufrichtig für Ihr hohes und positives Ziel einsetzen, müssen Sie nicht von Selbstbeherrschung oder Geistesstabilität sprechen. Ihr Ziel und Ihr Engagement bringen alles an seinen Platz. Mit Ihrem Engagement für Ihr Ziel sollten Sie jeden Tag unbewusst ein kontinuierliches Bewusstsein dafür schaffen. Bringen Sie keine Verschleppung und Verschiebung zwischen Ihre Ziele. Aber nimm dir kein zu großes Ziel. Zum Beispiel, wenn jemand lahm ist, kann er an

Bergsteigen denken. Ziele sollten so sein, dass sie innerhalb Ihrer Kapazität und Ihres Verständnisses liegen. Träumen Sie hoch und denken Sie hoch. Das selbst wird alle deine Negativitäten verschwinden lassen. Verstehe dich selbst und entscheide über den Sinn deines Lebens und deine Ziele.

Nachdem Sie Ihre Ziele erreicht haben, ist es sehr wichtig, der Natur gegenüber Dankbarkeit zu zeigen. Bevor Sie die Ziele erreichen, ist es wichtig, die Ziele zu visualisieren. Gebete helfen beim Erreichen der Ziele, besonders am frühen Morgen ist die beste Zeit zum Beten und Visualisieren. Selbst wenn Sie während Ihrer Lebensreise von Ihrem Weg abgekommen sind, spielt es keine Rolle. Du kannst jederzeit wiederkommen und neu anfangen. Schließlich ist das Leben ein Spiel. Nehmen Sie die Dinge nicht so ernst, dass Sie Ihr Leben bei der geringsten Provokation beenden.

Ihre Lebenseinstellung ist wichtiger. Es gibt drei Arten von Menschen - die Positiven, die Positives in allem sehen, sie sind die Optimisten, die Pessimisten sehen die negative Seite von allem, was die Neutralen das Leben nehmen, wie es kommt. Dann gibt es Menschen, die nur leben, um andere zu beeindrucken. Was auch immer sie tun, es basiert darauf, was andere von ihnen denken werden. Einige leben eigenständig mit ihren eigenen Überzeugungen und Meinungen. Die meisten von ihnen sind von sozialen Normen und Bräuchen diktiert. Manche wollen in allem, was sie tun, perfekt sein. Sie sind Perfektionisten, einige sind geborene Kritiker, dann gibt es Klatschhändler, die große Freude daran haben, über andere zu diskutieren.

Während wir unsere Ziele erreichen, kann Angst eines der Haupthindernisse sein. Sobald du diese Angst überwunden hast, kannst du Erfolg haben. Nächstes Hindernis kann zweifelhaft sein. Dann gibt es Auswirkungen der Gesellschaft auf uns, die von ihnen festgelegten Regeln und Vorschriften, die ein Hindernis für unsere Entwicklung darstellen können.

Vor allem Frauen in Indien haben in den letzten 50 Jahren viele solche Hürden genommen, um ihre Ziele zu erreichen. Es gibt einen massiven Wandel bei Frauen in Indien. Die meisten von ihnen haben ihre Ziele erreicht, indem sie dieses Land in eine bessere Zukunft geführt haben. Wir haben die Fesseln vieler sozialer Übel wie Mitgift, Kinderheirat,

Sati, Devadasi-System. Jede Frau auf der ländlichen Ebene ist unabhängig geworden und verdient ihr eigenes Einkommen. Nair Shakti oder Frauenenergie ist nichts anderes als Ermächtigung, die durch Selbstbeherrschung und Stabilität im Auge behalten wird. Je kontrollierter und stabiler wir sind, desto mehr göttliche Energie und Willenskraft bekommen wir.

Machen Sie nicht zu viele Ziele, da es schwierig ist, sich zu konzentrieren. Ein Ziel nach dem anderen zu haben, bringt den Fokus. Wir sollten auf den Weg achten, dann ist das Ende automatisch erreicht. Konzentriere dich auf die Perfektion des Prozesses, dann wirst du das Ende erreichen.

Kapitel 4
Befestigung und Ablösung

*Foto vom Autor aufgenommen

Viele Faktoren tragen zum Ungleichgewicht des menschlichen Geistes und Verhaltens bei. In allen Situationen stabil zu sein, auch wenn sie provoziert werden, ist eine große Beherrschung des Selbst. Obwohl die meisten Emotionen aus der Ansammlung von Gedanken entstehen, kann unter den äußeren Faktoren ein Aspekt nicht ignoriert werden, unsere Bindung an unseren Körper, unsere Familie, unser Land, unsere Kaste, unsere Religion, unsere Freunde, unsere Habseligkeiten usw. Die Liste geht weiter.

Obwohl die meisten von uns wissen, dass diese Welt nicht dauerhaft ist und unsere Beziehungen zu Menschen und Dingen oder vorübergehend in der Natur sind, fällt es uns sehr schwer, aus der Bindung zu unseren Lieben herauszukommen. Unsere Verbundenheit ist so tief, dass sie die Grundlage all unseres Handelns ist. Dieser Anhang kann nicht ignoriert werden.

Dann haben wir die Anhaftung an unseren Körper und seine Schönheit. Es ist eine Wahrheit, dass jeder sich selbst mehr liebt als alles andere. Verteidigen wir uns nicht, wenn wir von jemandem beschuldigt oder angegriffen werden, verschönern wir uns auch im Alter nicht. Stimmt es nicht, dass wir uns selbst lieben? Zu viel Liebe für unser eigenes Selbst ist nur Ego und Eitelkeit, ohne die wir bodenständig werden. Selbst in unserem Sterbebett, wenn wir an der Schwelle des Todes sind, werden unsere Gedanken immer noch hier und da für unsere Lieben wandern.

Wie im vorherigen Kapitel haben wir über eine Wahrheit gesprochen, die der Tod ist, der universell ist. Lassen Sie uns hier eine andere Wahrheit betrachten, nämlich, dass alle Dinge, die Sie haben, alle Menschen um Sie herum, alle Qualitäten oder Herausforderungen, die Sie besitzen, auch vorübergehender Natur sind. Nichts wird bis zum Ende bei dir bleiben. Dein eigener Körper ist nur ein Behälter von dir selbst. Es wird die Bewegung zerstören, die du stirbst. Warum dann diese Anhaftung und Loslösung von weltlichen Dingen und Menschen? Der große Plan des Meisters, der die Natur ist, ist es, siegreich aus seinem Stück namens Destiny hervorzugehen.

Es gibt ein schönes Zitat von Swami Vivekananda

"Dieser Mensch allein wird in der Lage sein, das Beste aus der Natur herauszuholen, der die Macht hat, sich mit all seiner Energie an eine Sache zu binden, hat auch die Macht, sich zu lösen, wenn er es tun sollte."

Arbeiten Sie mit allem, was Sie können, mit so viel Befestigung wie möglich, sollten aber in der Lage sein, sich bei Bedarf zu lösen. Bindung ist die Quelle aller Freuden. Die gleiche Anhaftung ist auch die Quelle unseres Schmerzes.

In wahrer Liebe und Glück geben und nichts erwarten. Je mehr Sie geben, desto mehr erhalten Sie von der Natur. Gib nicht umsonst. Aber aus echter Liebe, bedingungsloser Liebe. Eine Mutter ist das erste Beispiel für wahre Liebe. Schon ab der Schwangerschaft pflegt sie das Kind im Mutterleib mit bedingungsloser Liebe. Sie arbeitet für ihre ganze Familie wie eine Maschine ohne Erwartung. Die Liebe der indischen Frauen ist unvergleichlich.

Ein Weg zur Erlösung in der Hindu-Religion ist durch Arbeit oder Pflicht. Dieser Weg ist als Karma Yoga bekannt. Wir sollten mit voller Kraft und Perfektion arbeiten, aber mit der distanzierten Haltung sollten wir uns nicht an die Ergebnisse dessen, was wir tun, klammern. Es kann Erfolg oder Misserfolg sein. Werden Sie niemals depressiv, wenn es ein Misserfolg ist, oder lassen Sie sich mitreißen, wenn es ein Erfolg ist. Zeigen Sie Ihr Engagement, die Perfektion in die Arbeit zu bringen und nicht zu ihren Ergebnissen. Das heißt, mit voller Konzentration und selbstlosem Motiv zu tun. Gleichzeitig sollten wir in der Lage sein, uns bei Bedarf zu lösen.

Selbstlos zu sein, ist deine eigene Expansion. Je selbstloser du bist, desto mehr dehnst du dich aus. Kommen Sie aus geschlossenen Türen und erweitern Sie sich im Universum. Mache deine Liebe universell. Machen Sie Ihre Pflicht und Verantwortung universell. Das bedeutet, mit einer distanzierten Haltung zu arbeiten.

Egoistisch und egozentrisch zu sein, nährt nur deine Emotionen, Gefühle und Absichten auf der negativen Seite. Schlagen Sie nicht für alles zurück, was Ihnen im Leben begegnet. Um auch inmitten von Unruhen ruhig, gelassen und selbstbeherrscht zu bleiben, bedarf es supergöttlicher Kraft. Diese Haltung nennen wir distanzierte Haltung.

Nichts kann uns passieren, wenn wir uns nicht dafür anfällig machen. Dazu gehören auch Krankheiten. Wir ebnen den Weg für das, was uns bevorsteht und niemandem vorgeworfen werden kann. Die Grundursache oder der Samen wurde zuerst in unseren Köpfen gesät.

Wir murren immer und beschweren uns. Wir haben keine Kontrolle über unsere Gedanken und unsere Handlungen. Wenn wir unsere Gedanken auf der Basisebene selbst kontrollieren können, kann so manches Missgeschick vermieden werden. Sei dir immer der universellen Wahrheit bewusst, dann werden deine Absichten,

Einstellungen und Handlungen natürlich entsprechend reflektiert. Was auch immer wir besitzen, ist nicht dauerhaft. Tatsächlich werden wir unseren Körper nicht bis zum Ende unseres Lebens halten. Der Körper ist nur ein Behälter, in dem wir untergebracht sind. Was ist dann von Schönheit, Reichtum, Position, Status, Bildung, Kaste, Religion, Kader usw. zu sprechen?

Mit einer distanzierten Einstellung zu arbeiten bedeutet nicht, keine Liebe oder Mitgefühl für seine Mitmenschen zu haben. In der Tat musst du echte Liebe zu allen Wesen haben, einschließlich Tieren, aber ohne Besitzgier, liebe jeden neutral und ohne Voreingenommenheit. Liebe deine Arbeit, Menschen und Dinge, aber mit einer distanzierten Einstellung. Liebe jeden um der Liebe willen ohne Egoismus, unabhängig von Kaste, Religion, Nation oder einer anderen Spaltung. Liebe ist Sorgfalt, Sorge, Mitgefühl mit Toleranz und Geduld. Mutter Teresa war ein sehr gutes Beispiel für selbstlose Liebe und Mitgefühl. Große Führer wie Gandhi, Netaji und spirituelle Meister wie Rama Krishna Paramahamsa und Swami Vivekananda hatten universelle Liebe zu ihren Mitmenschen.

Wenn du eine Bindung zu der Person hast, die du liebst, wirst du Erwartungen haben, die mit Besitzgier verbunden sind. Erwartungen führen zu Elend, was wiederum zu Besitzgier und Eifersucht führt. Wenn du selbstlos bist, wirst du nichts erwarten. Zu viele Erwartungen und Träume lassen dich nur mitreißen. Wenn du versagst, führt das zu Elend. Dies ist ein sehr wichtiger Punkt, der zu beachten ist.

Das Elend ist so intensiv, dass viele sogar Morde und Selbstmorde begangen haben. Selbst kleine Kinder im Alter von 10 oder 12 Jahren begehen Selbstmord, da sie nicht in der Lage sind, sich einem Versagen zu stellen. Stellen Sie sich dem Leben so, wie es kommt. Gehen Sie weiter auf der Reise des Lebens, während es sich auf grüne Weiden und schöne Gärten an einigen Stellen und in dunkle Wälder bewegt, stellen Sie sich allem mit einer distanzierten Haltung und ohne jede Erwartung.

Unsere Verbundenheit mit unseren Verwandten und unserem Reichtum und Besitz bringt viel Schmerz mit sich und der Wunsch, sich diesen zu verschaffen, bringt noch mehr Kummer mit sich.

Behalte immer in deinem Unterbewusstsein, dass diese Welt nicht dauerhaft ist. Unser Aufenthalt hier ist nur vorübergehend. Es besteht keine Notwendigkeit, etwas zu übertreiben. Begrüße weiterhin alles, was dir passiert. Aber handle mit Intelligenz in einer ruhigen und selbstkontrollierten Art und Weise.

Als Mensch ist es für jeden nur natürlich, sich von verschiedenen Aufregungen, Schönheiten und Unterhaltungen, die uns umgeben, angezogen zu fühlen. Zumindest die Mehrheit von uns kennt die universelle Wahrheit, die in den obigen Absätzen gegeben wird. Es ist nicht so einfach, aus den Fängen dieses Weltlichen herauszukommen. Drama. (in der Hindu-Religion als Maya bekannt)

Mit dem Anstieg des Geldflusses und der Attraktionen sind die Erwartungen gestiegen.

Während du deinen Träumen nachjagst und selbst wenn du im Rad der Maya gefangen bist, vergiss nicht die universelle Wahrheit, dass die Welt die Bühne ist und du der Spieler und der Tod der Leveler. Sich in zu viele Erwartungen, in Träume zu verstricken, landet nur in weiterem Elend und Tragödien.

Kapitel 5
Input beeinflusst das Denken.

Das Konzept von Karma ist so alt wie die Menschheit. Karma kommt als Input, noch bevor wir in den Mutterleib, unsere ursprüngliche Heimat, eintreten. Wir sind es, die unsere Mutter entscheiden, noch bevor wir geboren sind, diese Eingaben setzen den Tod fort und auch danach. Viele deiner gegenwärtigen Karma sind die Fortsetzung deiner früheren Geburten. Sogar Menschen, die Sie bei dieser Geburt und einigen wichtigen Vorfällen oder der Fortsetzung Ihrer früheren Geburten treffen.

Wir verstricken uns in jeder Lebenszeit mit anderen Wesen und verursachen weitere Karma mit allen von ihnen. Die Menschheit ist wie ein Spielzeug in den Händen des Schicksals. Man kann gut oder reich oder gut ausgebildet oder schön sein, alles aufgrund des Schicksals. Leiden in den Händen von Armut, Kriminalität, Hungersnot usw. auf der einen Seite, während es auf der anderen Seite Schönheit und Reichtum gibt. Es ist alles das Spiel des Schicksals. Wir müssen also Mitgefühl für diejenigen haben, die hilflos wie Kriminelle sind, und für die Unterdrückten. Selbst für einen Kriminellen Mitgefühl zu haben, ist ein sehr hoher und edler Gedanke. <u>Hasse die Sünde und nicht den Sünder.</u>

Liebe deine Mitmenschen, die in Armut und Unwissenheit versunken sind. Vergiss neben Mitgefühl nicht, dem Schicksal Dankbarkeit für die guten Dinge im Leben zu zeigen.

Menschen sind so wunderbare Geschöpfe. Du bist nicht weniger als jeder Gott. Auf dieser Erde sind zweifellos Wunder geschehen. Mehr als dein Körper ist dein Geist so mächtig, dass er Revolutionen und Innovationen auf diese Erde gebracht hat.

Welchen Input du dir im Laufe deines Lebens gibst, ist sehr wichtig. Das bedeutet nicht, dass du immer vom Bösen entfernt und vom Guten umgeben sein solltest. Wie in der Gesundheit auch in Gedanken, sollte man ein immuner Mensch sein. Immun gegen alles. Lassen wir uns von nichts beeinflussen.

Wir sind mit vielen und vielen Katastrophen außerhalb unseres Körpers konfrontiert, und noch tiefer und intensiver sind die Gefahren, denen wir von innen ausgesetzt sind. Ein perfektes Leben zu führen ist besser zu sagen als zu tun.

Wenn wir von Eingaben sprechen, müssen Medien besonders erwähnt werden. Medien in Form von TV, Mobile mit all seinen Attraktionen, insbesondere YouTube, Facebook, WhatsApp, Twitter und Instagram, haben jeden süchtig gemacht. Dazu gehören auch die Vorgängergeneration und Senioren. Heute ist dies der wichtigste Input für alle Wesen. Die Menschen haben ein Buch vergessen oder fühlen sich sogar faul, es zu lesen. Vor fünfzig Jahren war das Buch der wichtigste Begleiter der gebildeten Masse.

Natürlich gibt es eine bessere Seite der Medien, die informativer ist und die Menschen klüger und sachkundiger macht. Mit Google und Internet erhalten Sie das Wissen und die Informationen zu jedem Thema. Sie können die Routen neuer Orte kennen. Sie können Dinge online zu Hause lernen. Mobile hat die ganze Welt auf den Punkt gebracht. Kommunikation und Wissen haben zugenommen. Immer mehr Menschen sind selbstausdrucksstark geworden. Die Medien haben mehr Ausdrucksfreiheit und Kreativität ermöglicht.

Der Jugend von heute sind Sie nur wenige Schritte hinterher. Um dich selbst zu meistern, hängt alles von deinem nächsten Schritt ab. Auf welche Seite wirst du dich wenden? Das Rechte führt zur Positivität und das Linke zur Negativität. Verwenden Sie Ihr eigenes Gehirn, um den richtigen Weg zu wählen. Mache dir ein starkes Ziel in deinem Leben und übe dein Leben, um dieses positive Ziel zu erreichen. Gut ausgebildet, reich oder berühmt zu werden, ist nicht das, was ich meine, das Leben in der richtigen Perspektive zu sehen, Menschen und Situationen, insbesondere die Politik, zu analysieren und in unserem Ansatz und in unseren Gedanken wissenschaftlich zu sein. Frei von Vorurteilen der Kaste, Religion, Region oder sogar Sprache. Werden Sie nicht zur Beute eines politischen Führers, der auf Religion oder Kaste basiert. Analysiere dich selbst, du bist deine eigene Führungskraft.

Als Menschen sind alle gleich und aus dem gleichen Blut und Fleisch gemacht. Respektiere jeden und sehe Göttlichkeit in allen Wesen, unabhängig von ihrem Charakter, Status, ihrer Religion oder sogar ihrer Vergangenheit. Achte viel auf dein inneres Selbst. Und bei der Entwicklung einer charismatischen Persönlichkeit.

Wenn die Geschichte so viele Revolutionen mit begrenzten Ressourcen gebracht hat, wie viel Veränderung kann die Jugend von heute bringen. Es gibt so viel Technologie und Innovation, um die erforderliche Dynamik zu bringen. Die ganze Welt liegt in deinen Händen. Es ist, als würde man einen Tempel bauen. Jede Kultur hat ihren eigenen Beitrag. Jeder Einzelne kann zur Verbesserung der Gesellschaft oder Nation beitragen.

Je gesünder der Geist, desto gesünder ist der Körper. Natürlich könnte es auch andere Gründe geben, warum der Körper betroffen ist. Selbst wenn der Körper durch unregelmäßige Essgewohnheiten, durch schlechte Gewohnheiten oder Verschmutzungen von außen beeinträchtigt wird, wenn die Willenskraft und der innere Mut und die innere Stärke mächtig sind, kann man den Sturm von außen verstehen, und man kann ihm mutig entgegentreten.

Sehr oft kommt der Sturm oder sogar Tsunami von innen. Unser Geist, Körper und die Sinne sind immer im Kampf mit der inneren und äußeren Welt. Wenn ich internen Kampf sage, bedeutet das nicht nur den Geist. Dieser Kampf ist freiwillig. Es bedeutet auch den Kampf der inneren Organe aufgrund unserer äußeren Gewohnheiten. Dies ist unfreiwillig und uns nicht bekannt. Die Willenskraft des Geistes kann jedoch den Körper stark beeinflussen. Auch während der Corona überlebten viele mehr aus Willenskraft als durch Medikamente. Wenn wir von Gesundheit sprechen, kann Essen nicht ignoriert werden. Die Einnahme von richtiger Nahrung gibt uns nicht nur eine gute Gesundheit, sondern auch ein gutes psychisches Wohlbefinden.

Jeder Mensch kann nicht Gott werden oder jeder kann nicht ein Dämon werden.

Wir sind alle gewöhnliche Seelen, die langsam auf der Reise des Lebens reisen. Unsere Vorbereitung sollte von der Kindheit an beginnen, unterstützt von Eltern und Lehrern. Es ist gut, von den Ideen und Lehren der Eltern geschult zu werden, aber nach einer bestimmten Phase ist es besser, wenn wir unabhängig wachsen. Freiheit gibt nur Wachstum, neue Ideen zu erforschen und sich kreativ und innovativ auszudrücken. Die Kindheit ist der beste Teil des Lebens eines jeden Menschen. Die in der Kindheit gegebenen Inputs werden als Grundstein für das gesamte Leben gelegt. Ein Kind stürzt einen Stein auf den anderen und wird mit seiner eigenen Erfahrung zu einem selbstgemachten Mann. Kinder dieser Tage sind wie Drachen. Am Himmel fliegend, herumgeworfen und ziellos fliegend. Sie hassen es, beraten, diktiert und kritisiert zu werden. Sie werden aggressiv und arrogant. Ehrlich gesagt, Kritik bringt das Beste in uns. Es ist immer gut, inmitten von Menschen zu leben, die uns kritisieren, als mit Menschen, die uns loben. Kritik ist wie ein Augenöffner, wenn sie im richtigen Sinne verstanden wird.

Ist Ihnen schon einmal aufgefallen, dass ein Kind sich umso mehr zu ihm hingezogen fühlt, je mehr Sie Nein zu ihm sagen? Selbst als Erwachsene sind wir neugieriger, wenn etwas eingeschränkt oder verboten ist. Wir fühlen uns mehr dazu hingezogen. Dies ist einer der Gründe für die Zunahme von Drogen, Alkoholismus, Prostitution, Schmuggel, Ehebruch und anderen Verbrechen.

Zu viel Kontrolle über eine bestimmte Sache macht sie nur attraktiver. Um eine solche Situation zu vermeiden, sollten zuallererst sich selbst oder Kinder über die Konsequenzen aufgeklärt werden, mit denen sie konfrontiert werden, wenn sie sich verbotenen Gewohnheiten hingeben. Zweitens müssen sie gerichtet und an eine bessere Gewohnheit gewöhnt werden. Sport, Musik, Lesen, Tanzen, Schwimmen usw. halten Geist und Körper gesund. Bildende Kunst und Sport, Gartenarbeit, Lesen und Schreiben fördern die Persönlichkeit jedes Einzelnen.

*Foto vom Autor aufgenommen

Kapitel 6
Meditation

*Foto vom Autor aufgenommen.

Meditation ist eine sehr alte Technik. Es ist ein Prozess, durch den alle gespeicherten Gedanken gereinigt und entfernt werden. Viele haben das Gefühl, dass Meditation nichts für sie ist, da sie nicht zu lange sitzen und ihre Gedanken kontrollieren können. Es ist gut, dass du mehr Gedanken bekommst. Genau wie wenn wir einen schmutzigen Raum reinigen, kommt viel Staub heraus, ähnlich wie in der Meditation alle gespeicherten Gedanken herauskommen. Tatsächlich ist es sehr gut, Meditation als Routine zu praktizieren. Ich würde jedem empfehlen, zweimal täglich zu meditieren. Es reinigt den Geist.

Zunächst werden alle negativen Emotionen zum Vorschein kommen. Emotionen wie Wut, Lust ,Verlangen ,Gier, Angst, Impulsivität werden zum Vorschein kommen. Wenn du hartnäckig in deiner Praxis bist und dir ständig deiner Ziele und der universellen Wahrheit bewusst bist, wirst du allmählich eine ruhige Person werden.

Bevor du für mindestens ein paar Monate in ein Mantra eingeweiht wirst, setz dich an einen ruhigen Ort und lass den Geist einfach laufen , sei einfach der Zeuge und beobachte ihn. Wenn der Geist erfährt, dass er beobachtet wird, nehmen die Gedanken allmählich ab. Dasselbe gilt für unser Handeln. Wir können unsere täglichen Handlungen und Emotionen ständig im Auge behalten, indem wir uns Tagebuch führen und uns selbst Spuren hinterlassen. Marks dient der Selbstmotivation und der Verfolgung des Denk- und Verhaltensprozesses. Auch wenn wir nicht sofort Erfolg haben, werden wir uns im Laufe der Jahre in eine selbstkontrollierte und stabile Person verwandeln. Es kann ein ganzes Leben dauern, auch abhängig von dem in unserem Bewusstsein gespeicherten Karma.

Während du deinen Geist laufen lässt, beobachtest du deinen Atem. Das Ein- und Ausatmen. Das ist deine Lebenskraft. Sobald dies aufhört, ist dein Leben vorbei. Einen Schritt weiter können Sie sich bei geschlossenen Augen auf den Raum zwischen den Augenbrauen konzentrieren. Indem Sie die oben genannten drei Schritte ausführen, werden Ihre Gedanken und Emotionen reguliert, obwohl es am Anfang turbulent werden könnte.

Es gibt verschiedene andere Arten der Meditation, die von Gurus gelernt werden können. Das Singen von Mantras kühlt den ganzen Tag über den Geist. Spezielles Singen von OM laut mindestens für 15 Minuten gibt Gleichgewicht für Körper und Geist. Viele schlechte Angewohnheiten können durch tägliches Singen von OM ausgerottet werden.

Bevor Sie für mindestens ein paar Monate in ein Mantra eingeweiht werden, setzen Sie sich an einen ruhigen Ort und lassen Sie den Geist einfach laufen. Du bist nur der Zeuge und beobachtest es. Wenn der Geist erfährt, dass du genau beobachtet wirst, reduzieren sich die

Gedanken. Dasselbe gilt für unser Handeln. Wir können unsere täglichen Handlungen und Emotionen ständig im Auge behalten. Wir können unseren Fortschritt sogar tagtäglich verfolgen. Auch wenn wir nicht sofort Erfolg haben, werden wir uns im Laufe der Jahre in eine selbstkontrollierte und stabile Person verwandeln. Es kann ein ganzes Leben dauern, auch abhängig von dem in unserem Bewusstsein gespeicherten Karma.

Während du deinen Geist laufen lässt, beobachtest du deinen Atem, das Ein- und Ausströmen deines Atems. Dass dies deine Lebenskraft ist. Sobald das aufhört, ist dein Leben vorbei. Einen Schritt weiter, mit geschlossenen Augen, können Sie sich auf den Raum zwischen den Augenbrauen konzentrieren. Indem Sie die oben genannten 3 Schritte ausführen, werden Ihre Gedanken und Emotionen reguliert, obwohl es am Anfang turbulent werden könnte.

Es gibt verschiedene andere Arten von Meditation, die von Gurus gelernt werden können. Das Chanten von Mantras und Pranayama zusammen mit Meditation hält den Geist den ganzen Tag über ruhig und friedlich. Vor allem das mindestens 15-minütige laute Singen von OM bringt Körper und Geist ins Gleichgewicht. Manch eine schlechte Angewohnheit. Kann durch tägliches Singen von OM ausgerottet werden.

Für Menschen dieses Alters wird das alles ziemlich absurd klingen. Aber die meisten von ihnen sind in Verwirrung und Dilemma und leben ohne Zweck. Wenn sie auf ein kleines Versagen oder eine Beleidigung stoßen, enden sie extrem damit, andere zu töten oder ihr eigenes Leben zu beenden. Sie sind in ihren Emotionen und ihrem Verhalten nicht ausgeglichen.

Zusammen mit Meditation und Gesang, wenn du deinem Leben Pranayama und Yoga hinzufügst, wird es das schöne Selbst in dir hervorbringen. Die Absicht eines jeden Wesens ist es, friedlich und glücklich zu sein. Lasst uns friedlich sein, wenn der Weg so klar ist, um einen geregelten Denkprozess zu haben. Was kann eine bessere Übung sein als Meditation? Meditation, die in den frühen Morgenstunden durchgeführt wird, ist fruchtbarer.

Laut Patanjali, ein großartiger Yogi. Meister der Antike. Meditation kann in 3 unterteilt werden. Der erste Teil besteht darin, den Geist von schwankenden Gedanken zu einem konzentrierten Punkt zu bringen. Das nennt man Dharna. Der zweite Teil ist eigentlich Meditation, Dhyana. Der letzte Teil ist Samadhi, das normalerweise nur Heilige und spirituelle Führer erreichen. In diesem Stadium wird das individuelle Bewusstsein eins mit dem universellen Bewusstsein.

Ein hohler Kanal verläuft durch deine Wirbelsäule. Der linke Nerv ist Eda und der rechte Nerv Pingala. Der Hohlkanal ist als Sushumna bekannt. Es gibt 7 Chakren, die von der Basis der Wirbelsäule bis zur Krone des Kopfes reichen. Während wir in der Meditation fortschreiten, durchläuft unser Geist all diese Chakren. Wenn man die Krone des Kopfes erreicht, wird Samadhi erreicht.

Darüber hinaus kann der Geist durch Pranayama gereinigt werden. Das Pranayama kurz vor der Meditation verbessert nur den Prozess. Das Verfahren läuft so ab. Zunächst muss der Körper mit Yoga und Übungen reguliert werden. Als nächstes muss der Atem mit Pranayama oder Atemübungen reguliert werden. Dann kann der Geist durch das Singen von Om reguliert werden, bevor er in die Meditation eintritt. All dies, wenn es zwischen 4 und 6 Uhr morgens durchgeführt wird, führt zu besseren Ergebnissen. Die frühe Morgendämmerung ist als Brahma Muhurta bekannt. Zu diesem Zeitpunkt beziehen wir göttliche Energie aus dem universellen Bewusstsein. Es gibt eine Vielzahl von Pranayama-Techniken, die von einem richtigen Guru erlernt werden können.

Auch später am Tag müssen wir uns bewusst unseres eigenen Selbst bewusst sein, unsere Bewegungen beobachten, analysieren. All dies wird uns helfen, kein Opfer weltlicher Attraktionen oder Maya zu werden. Durch diese Prozesse können kriminelle Aktivitäten wie Bestechung, Verfälschung, Sucht, Scheidung usw. reduziert werden, wenn sie nicht beseitigt werden.

Jeder Mensch, der auf diese Welt gekommen ist, hat die Verantwortung, sich bestmöglich zu verhalten, um das Gleichgewicht des Universums nicht zu stören. Ich weiß, dass es menschlich ist, sich zu irren, zu vergeben ist göttlich. Alle Menschen neigen dazu, Fehler zu machen. Nur durch Fehler lernen wir unsere Lektionen. Mit jeder Erfahrung müssen wir wachsen und uns entwickeln und dürfen nicht düster und deprimiert werden.

Kapitel 7
Universelle Liebe

Liebe ist der größte Ausdruck der Göttlichkeit. Wir lieben, weil wir göttlich sind. Wir sind alle Teil einer universellen Masse, die zuvor besprochen wurde, Liebe ist, nichts im Gegenzug zu erwarten. Es ist kein Tauschsystem. Unsere Eltern sind die besten Beispiele für göttliche Liebe. Besonders die Mutter ist der Inbegriff von Opfer und Liebe.

Selbstlos zu sein und sich um die andere Person zu kümmern, ist Liebe.

Wenn wir aus unserem individuellen Selbst herauskommen, um zur nächsten Person zu gehen, ist es Liebe. Wir können uns auf die Familie, unsere Straße, unsere Stadt, unser Land und das ganze Universum ausdehnen, bis unsere Liebe in der Natur universell wird.

Gott in allen Wesen zu sehen, in allen Geschöpfen sogar Tiere, Insekten, in Schlangen und Tigern. Göttlichkeit überall und in allem, was wir tun, zu sehen, ist die Lehre der Hindu-Religion. Fange buchstäblich an, Gott in allen Wesen zu sehen, zumindest für einen Tag deines Lebens. Sie werden den enormen Unterschied kennen, den es schafft.

Alle negativen Eigenschaften verschwinden mit dieser Art von Einstellung. Du wirst zu einer Quelle der Dankbarkeit, Großzügigkeit, des Opfers, leidenschaftlich, um den Armen und Unterdrückten zu helfen. Alle niederen Wünsche wie Gier und Lust verschwinden. Du gehst über die körperliche Erscheinung der Person oder Kreatur hinaus. Wenn du die innere Göttlichkeit siehst, wirst du furchtlos und mitfühlend, um ein Wesen der Toleranz und Geduld zu werden.

Diese universelle Liebe wird dich universell verantwortlich machen. Es passieren so viele Ungerechtigkeiten um dich herum. Liegt es nicht in der Verantwortung der modernen Jugend, die Verbrechen zu beseitigen? Solltest du der Drogenabhängige oder der Messias sein, der die Drogenbedrohung beseitigt? Solltest du der Trunkenbold oder der Messias sein, der die Bedrohung beseitigt, solltest du der Fackelträger sein. Jeder Mensch hat einen Zweck, hier zu leben, in dem Moment, in dem du das erkennst, bist du universell verantwortlich geworden.

Vergiss dich selbst, deinen eigenen Komfort. Denken Sie an andere und helfen Sie anderen. Je leidenschaftlicher du anderen hilfst, desto mehr göttliche Liebe fließt ein. Eine weitere große Hilfe, die jeder Einzelne leisten kann, ist, positiv und dankbar zu denken. Positive Gedanken geben uns Kraft und negative Gedanken führen uns zur Schwäche.

Als Menschen hinterlassen wir unsere Gedanken als Fußabdrücke für die Nachwelt und für unser eigenes Karma. Akzeptiere das Leben, wie es ohne Reaktion kommt. Stecke deine Nase nicht in das, was die andere Person tut. Es ist sein Karma und er weiß, wie man damit umgeht. Du kannst ihm helfen, aber nicht auf ihn zielen. Jedem seinen eigenen Willen und sein eigenes Karma, liebe deinen Nächsten so, wie du dich selbst liebst.

In Ehen, wenn die Partner selbstlos werden und zum Wohle der anderen Person leben, indem sie Göttlichkeit in ihnen sehen, kann die Anzahl der Scheidungen reduziert werden. Was du gibst, bekommst du zurück. Dies gilt nicht nur für Paare, sondern für alle Beziehungen. Wir sollten alle Beziehungen so akzeptieren, wie sie sind. Wir sollten in ihren Schuhen stehen, um ihren Standpunkt zu kennen.

Es breitet sich so viel Hass und Kriminalität überall aus. Menschen werden im Namen von Kaste und Religion misshandelt. Die Menschen haben ihre ursprüngliche Göttlichkeit vergessen. Göttlichkeit liegt nicht in Tempeln und Statuen. Der eigentliche Gott ist in allen Geschöpfen. Liebe und Respekt gegenüber der Menschheit und anderen Schöpfungen der Götter zu zeigen, ist wahre Hingabe.

Aufgrund dieses voreingenommenen Verhaltens der Gesellschaft stehen die Unterdrückten und ihre Kinder vor so vielen Problemen. Aufgrund von Meinungsverschiedenheiten zwischen den Religionen in ihrem eigenen Land sind viele ihrer Meinungsfreiheit, ihrer sozialen Entwicklung und ihrer finanziellen Entwicklung beraubt. Aufgrund all dieser

unschuldige Jugendliche werden Opfer von Naxaliten und Terrorismus, sehr oft werden sie selbst zu Terroristen. Es ist eine Pflicht aller politischen und nationalen Führer, den Weg für eine bessere Gesellschaft zu ebnen, in der alle in Harmonie und Sicherheit leben können.

Aber wo immer es Ungerechtigkeit gibt, müssen die Menschen in Einheit stehen und dafür kämpfen. Schweigen oder Murren ist nicht die Lösung. Scheitern ist nur das Sprungbrett zum Erfolg. Wir sollten jede Beleidigung nehmen; jeden Schlag als Sprungbrett nehmen, um weiter voranzukommen. Wir sollten mit aller Kraft zurückschlagen; dies ist eine der ersten Lektionen in der Bhagwat Gaeta, um für Gerechtigkeit zu kämpfen. Für eine wahre Sache zu kämpfen, ist gutes Karma. Die Unterdrückten und die Opfer von Ungerechtigkeit sollten nicht mit geschlossenen Türen sitzen. Komm raus ins helle Licht und kämpfe für deine Sache. Du bist kein Schaf Du bist ein tapferer Löwe.

Obwohl Frauen auf der einen Seite emanzipiert und ermächtigt sind, sind Frauen in der Gesellschaft immer noch mit vielen Beleidigungen und Gewalt konfrontiert. So viel Qual, mit der sie konfrontiert sind, wenn sie mehrere Aufgaben erledigen und sich überall Herausforderungen stellen müssen. Eve Hänseleien und Vergewaltigungen sind auf dem Vormarsch.

Aufgrund all dessen erleiden immer mehr Frauen Depressionen und andere psychische Traumata. In letzter Zeit sind Frauen im Namen von Religion und Kaste solche abscheulichen Verbrechen widerfahren. Es liegt in der universellen Verantwortung anderer, herauszukommen und für ihre Sache zu kämpfen.

Zu viel negatives Karma breitet sich in der universellen Masse aus. Auf lange Sicht wird dies das Karma aller Wesen beeinflussen. Vor kurzem sahen wir einen riesigen Schwung von Corona, der fast 4 bis 5 Jahre existierte. Die Wirtschaft aller Nationen war betroffen. Wir haben so viele Leben verloren.

Um ein schönes Gedicht von Swami Vivekananda zu zitieren.

Requiescat. Im Tempo.

Schnell, o Seele! Auf deinem sternverstreuten Pfad;

Speed Blissful One! Wo das Denken immer frei ist,

wo Zeit und Raum den Blick nicht mehr vernebeln,

Ewiger Friede und Segen sei mit dir!

Dein Dienst ist wahr, vervollständige dein Opfer,

Dein Zuhause das Herz der transzendenten Liebe finden;

Erinnerung süß, die alle Raum und Zeit tötet,

Wie Altarrosen fülle deinen Platz dahinter.!

Deine Fesseln brechen, deine Suche in Glückseligkeit ist gefunden;

Und eins mit dem, was als Tod und Leben kommt;

Du hilfsbereiter! selbstlos immer auf Erden

Ahead! Hilf immer noch mit Liebe in dieser Welt des Streits!

Die wahre Göttlichkeit des Menschen kann nicht verstanden und gemessen werden. Es ist seit der Antike ein Rätsel. Was ist die Seele, wie sie von einer Geburt zu einer anderen Geburt übergeht.

Alle, die leiden und Opfer sowohl des Schicksals als auch der Menschen sind, hören sich bitte dieses Gedicht von Swami Vivekananda an. Es gibt immer noch Hoffnung, verliere nicht dein Herz.

"Warte noch eine Weile, Braveheart."

Wenn die Sonne durch die Wolke ein wenig versteckt ist,

Zeigt sich die Welkin nur düster,

Halte dich noch eine Weile fest, tapferes Herz,

Der Sieg wird sicher kommen.

Kein Winter war, aber der Sommer kam hinterher,

Jede Höhlung krönt die Welle,

Sie schieben sich gegenseitig in Licht und Schatten;

Sei also ruhig und mutig.

Die Pflichten des Lebens sind in der Tat schmerzhaft,

Und seine flüchtigen Freuden vergeblich,

Das Ziel, das so schattenhaft erscheint und dämmert,
Doch stolpere weiter durch das dunkle, mutige Herz,
Mit all deiner Kraft und Kraft.
Kein Werk geht verloren, kein Kampf vergeblich,
Obwohl die Hoffnungen verwüstet sind, sind die Kräfte weg;
Von deinen Lenden werden die Erben zu allen kommen,
Dann halte das Jahr eine Weile durch, tapfere Seele,
Nichts Gutes wird jemals rückgängig gemacht
Obwohl es nur wenige Gute und Weise im Leben gibt,
Doch ihre Zügel sind die Zügel, um zu führen,
Die Massen kennen erst spät den Wert;
Beachte keine und führe sanft.

Mit dir sind die, die weit sehen,
Mit dir ist der Herr der Macht,
Alle Segnungen strömen auf die große Seele
Mögen alle zu dir kommen!

Wir sind alle gewöhnliche Sterbliche. Innerlich wie ein Schössling, der noch wachsen muss. Es ist nicht möglich, dass jeder die Größe erreicht, wie von Swami Vivekananda zitiert " Ich bin in allem in jedem. Ich bin in allen Leben Ich bin das Universum. "Auch kann nicht jeder das Unendliche verfolgen und den Kampf, das Unendliche zu erfassen. Als gewöhnliche Menschen können wir nach einem reinen und moralischen Leben streben, das zur Vollkommenheit führt. Es genügt, wenn wir uns als gewöhnliche Sterbliche daran erinnern, dass Gott oder die universelle Macht unser eigenes Selbst ist. Gott ist in allen Geschöpfen, nur wir sind zu unwissend, um die Wahrheit zu kennen. Wir werden von Maya erwischt. Maya ist nichts anderes als unsere eigenen Wünsche und Versuchungen. In dem Moment, in dem du Göttlichkeit in jeden bringst, den du siehst, und in allem, was du tust, werden Maya und ihre Fänge besiegt. Unsere ursprüngliche Natur ist Göttlichkeit. Wir sind alle göttliche Wesen. Göttlichkeit von innen heraus zu entdecken, ist ein tatsächlicher Begriff und Zweck des Lebens, wir können mehrmals versagen. Es kann auch mehrere Leben dauern, lassen Sie sich nicht besiegen. Strebe weiter und klettere, um deinen Gipfel der Göttlichkeit zu erreichen.

Der größte Teil unserer Energie wird genutzt, um unseren Körper, unsere Familie zu erhalten und zum Teil, um andere zu beeinflussen und von ihnen beeinflusst zu werden. Heute widmet sich mehr als eine halbe Zeit der Unterhaltung und dem Genuss.

Yoga, Pranayama, Meditation hilft bei der Entwicklung der inneren Persönlichkeit des Menschen, der sich selbst kontrollieren kann, auch andere kontrollieren kann, da alle Geister aus demselben Material bestehen. Um Swami zu zitieren

„Dieser Geist ist ein Teil des Universellen Geistes. Jeder Geist ist mit jedem anderen Geist verbunden, und jeder Geist, wo auch immer er sich befindet, steht in tatsächlicher Kommunikation mit der ganzen Welt. Der Geist ist universell."

Ein Geheimnis, das im Leben gelernt werden muss, ist, dass die Seele eine erwachte Person ist, die in vollem Umfang arbeitet und liebt, aber von allem getrennt ist. Wir sind gefangen und traurig, weil wir zu viel von anderen erwarten. Wir tauschen mit unseren Emotionen und Gefühlen. Wir erwarten zu viel vom Leben. Gib und erwarte nichts zurück. Sei nicht traurig, wenn du gibst. Geben Sie allen fröhlich, ohne zu verhandeln. Sei selbstlos und gib weiter. Nur dann erhalten Sie mehr von der Natur.

Es gibt kein unverdientes Elend. Wir

ebnete den Weg für alles. Wer dem Elend und der Trauer entkommt, entgeht auch dem Vergnügen. Wenn das Denkmuster ein Baum ist, ist der Charakter der Hauptstamm, der sich als Verhalten, Gewohnheiten, Manieren, Einstellungen, Überzeugungen und Meinungen verzweigt. Unser Denkmuster, das im Laufe der Jahre mit dem Körper wuchs, hängt hauptsächlich von den Überzeugungen und Meinungen ab. Überzeugungen und Meinungen prägen die Einstellung, die wiederum das Verhalten, die Gewohnheiten und die Manieren hervorbringt. Wie bereits erwähnt, hängt unser Schicksal letztendlich von dem Vorrat an

Gedanken in unserem Kopf ab. Um es zu wiederholen, sei nicht zu stolz auf dich selbst oder zu traurig über dein schlechtes Schicksal. Seien Sie nicht kritisch oder zu kontrovers, nur weil Sie sich dieses Themas nicht bewusst sind oder kein Wissen darüber haben. Es gibt ein Sprichwort von Christus. "Urteilt nicht, dass ihr nicht gerichtet werdet."

Um Swami zu zitieren.

"Der Mann, den ich als nicht gut kritisiere, vielleicht wunderbar in einigen Punkten, in denen ich nicht bin"

Wen auch immer wir lieben, im Hintergrund projiziert jeder von uns sein eigenes Ideal und wir arbeiten daran.

Lassen Sie uns nicht mit zu vielen Ideen und Überzeugungen komplizieren. So einfach ist das Leben. Stellen Sie sich einfach allem mit einer distanzierten und selbstkontrollierten Art und Weise. Seien Sie in allen Situationen stabil. Lassen Sie uns universell liebevoll und verantwortungsbewusst sein. Dafür müssen wir die göttliche Kraft in jedem und in allem sehen. Wir sind weder der Körper noch der Geist. Wir sind alle Seelen, Teil einer riesigen universellen Masse oder Kraft. Lasst uns mit gereinigtem Denken und Verhalten leben. Unsere Mitmenschen zu lieben ist nur universelle Religion. Schließlich ist das Leben nur vorübergehend, warum für Kleinigkeiten kämpfen. Wir kommen mit leeren Händen und verlassen unseren Körper ohne Besitz. Warum dann unser Leben hier verkomplizieren, das kurz und vorübergehend ist. Verbreiten wir den Duft der Liebe und der Einheit.

ODE AN MEINEN FREUND

Duft deiner Liebe
Hat wie eine Brise geblasen
Zeit und Entfernung
waren nie ein Hindernis

Wir haben uns gegenseitig ausgewählt
Unter den Millionen
Bist du das Geschenk Gottes an mich?
Du bist, wer
Wem ich folgen soll
Von der vorherigen Geburt zur nächsten
Du standest wie ein Fels
Die Stürme schlagen und ertragen
Dies ist eine Ode an Sie
Ein kleines Geschenk für Sie
Mein lieber Freund

Kapitel 8
Meine persönliche Erfahrung und meine spirituelle Reise

*Foto des Autors im Alter von 4 Jahren

Ich wurde am 23. April 1963 geboren. In einer kleinen Stadt namens Vellore, In Tamil Nadu. Mein Großvater, J. Rama Swami, war ein spiritueller Sucher, der uns lehrte, wie man lebt, ohne jemanden zu verletzen. Er diente den Armen und Unterdrückten und lehrte uns buchstäblich, was es heißt, Göttlichkeit im Menschen zu sehen. Er praktizierte Yoga und Meditation jeden Tag seines Lebens. Er war ein ehrlicher und fleißiger Gentleman. Leider ist er abgelaufen, als ich ein 5-jähriges Mädchen war. Nur einen Monat vor seinem Tod traf ich ihn in meiner Heimatstadt, als ich mich schon als kleines Mädchen von ihm trennte, brachte mich etwas bitterlich zum Weinen und sagte, dass ich mich nicht von dir trennen werde, mein Großvater. Obwohl er nicht mehr bei uns ist, wurden mir seine Gene und das Wissen, das er von seinen Gurus erlangt hat, übermittelt. Als kleines Mädchen war ich immer voller Kreativität und Fantasie. Mein Vater war in der Armee. So wurden wir mehrmals versetzt. Der beste Teil meiner Kindheit verbrachte ich in Avado mit meinen Freunden Lakshmi , Suman, Ramesh, Manjula, Parveen, Uma und vielen anderen.

Ich habe bis zum Alter von 13 Jahren in KFVHF studiert, bevor ich nach Bhuj versetzt wurde.

Es gab wunderbare Lehrer, die uns hervorragend unterrichteten. Sanskrit war unsere 3. Sprache. 20 Strophen aus Bhagwat Geeta haben mich sehr beeindruckt. Ich wiederholte es immer wieder laut. Lord Krishna wurde mein Lieblingsgott. Ich wollte mein Leben nach der Gita leben. Im Alter von 21 Jahren bekam ich eine Anstellung als Bewährungshelfer bei der Andhra Bank. Aber mein Verstand hatte immer eine spirituelle Suche nach Gott und der Bhagavad-gita zu folgen. Damals im Jahr 1986 gab es noch nicht viele spirituelle Gurus. Ich wollte jeden Tag Meditation üben. Jedes Mal, wenn ich in der Meditation saß, gab es einen starken Ansturm von Gedanken und eine Menge Lärmbelästigung. Ich fühlte mich sehr verzweifelt.

Als Bewährungshelferin war ich sehr glücklich, dass ich die orthodoxen Ketten meines Vaters durchbrechen konnte.

Ich fühlte mich unabhängig und es war definitiv eine Leistung für mich, im Alter von 21 Jahren auf eigenen Beinen zu stehen. Damals hatten die Frauen keine Freiheit, kaum 10% der Frauen suchten sich einen Job. Während dieser Zeit war ich stolz, allein von Bombay nach Chennai und zurück zu reisen, um ganz allein zu leben und mich neuen Herausforderungen als Offizier zu stellen. Der Submanager der Niederlassung war eine sehr harte Person, die mich für alles zurechtgewiesen hat. Ich hatte eine harte Zeit weit weg von zu Hause, lebte und arbeitete unter Fremden. Einige von ihnen versuchten sogar, mich von meinem Job wegzujagen.

Mein zweiter Entsendungsort nach 6 Monaten war Malakpet, Hyderabad. Obwohl die Kollegen ganz normal waren, hatte ich zu

Hause schreckliche oder eher schreckliche Erfahrungen. Ich lebte als zahlender Gast in einem Haus, in dem nur eine alte Dame und ihre Enkelin lebten. Ein separater Raum mit Kinderbett und Schminktisch wurde gegeben. Hier habe ich einige seltsame Erfahrungen gemacht. Immer wenn die Uhr jede Nacht 12 schlug, war ein Haarbüschel, das früher knapp über den Medien flog, so verängstigt. Um diese Szenen zu vermeiden, begann ich um 2:00 oder 3:00 Uhr früh zu schlafen. Plötzlich ließen sie mich eine Woche lang allein im Haus. Ich stellte mich tapfer der ganzen Woche. Eines schönen Tages, als ich ihr Haus putzte, fand ich einen riesigen Haufen langer Haare in einer Schachtel. Als der Besitzer des Hauses zurückkehrte, erkundigte ich mich nach den Haaren und erzählte ihr von den Albträumen, mit denen ich jede Nacht konfrontiert war. Zu meiner Überraschung und meinem Schock erzählten sie mir, dass die Mutter des Mädchens Selbstmord beging, indem sie sich selbst verbrannte, und sie starb auf demselben Bett, in dem ich jeden Tag schlief. Dieses lange Haar gehörte auch derselben Frau. Wie auch immer, mein Posting an der Unterkunft neigte sich dem Ende zu und ich verließ die Unterkunft glücklich zum Haus meiner Eltern in Chennai. Inzwischen habe ich geheiratet und nach einem Jahr musste ich Hyderabad erneut besuchen, um meinen Bestätigungstest zu schreiben. Aber der größte Schock war, dass der Geist um 12:00 Uhr zurückkehrte. Uhr. Ich hatte noch nicht einmal die Augen geschlossen, aber ich konnte eine Frau mit langen Haaren neben mir sitzen sehen. Ich schrie vor Angst.

Aber mein Verhalten hat sich nach diesem Vorfall sehr verändert. Ich fühlte mich einsam und es gab häufige Ausbrüche verschiedener Emotionen. Das Leben änderte sich nach der Heirat völlig. Es war eine völlig neue Atmosphäre, mit Verwandten, die in diesen Tagen nicht so unterstützend waren. Da ich nicht in der Lage war, an der Innenfront und unter viel Druck im Büro zurechtzukommen, fühlte ich mich in einer geschäftigen Welt verloren, in der es keinen Freund gab, den ich als meinen eigenen bezeichnen konnte. Ich litt unter prämenstruellen Spannungen, die durch hormonelle Veränderungen verursacht werden. Mein Säugling war zu klein und er unterzog sich 2 Operationen, die mich depressiver machten. Ich fühlte, dass ich nicht für die Ehe und diese Hektik des Lebens geeignet war. Ich wollte mich den Missionaren der Nächstenliebe anschließen, die von Mutter Teresa geleitet werden, um den Armen zu dienen.

Ich versuchte, nach Kalkutta zu fliehen, aber das Schicksal war so freundlich, dass ich im letzten Moment den Zug verpasste.

Damals beschloss ich, mich dem Leben zu stellen, da es aus einem neuen Blickwinkel kommt. Alles mutig anzugehen, nicht davor wegzulaufen. Mein besonderer Dank gilt meinen Freunden in Mylapore, die mich mit Ramakrishna Mutt und den Büchern von Swami Vivekananda bekannt gemacht haben. Meine häufigen Besuche im Mutt und durch das Lesen der großen Bände von Swami-ji konnte ich mein Leben in ein neues Blatt verwandeln. 1989 wurde ich richtig in die Transzendentale Meditation eingeweiht. Zur Zeit der Einweihung hatte ich eine Vision von einer großen Hand, die mich segnete. Lord Mahi Vishnu erschien mit Aid Sasha. Nach diesen einzigartigen Visionen praktizierte ich meine Meditationen ernsthaft. 1994 lernte ich Meditation von Swami Buteshanandji von Rama Krishna Math. Ich las auch die Lebensgeschichten von Rama Krishna Paramahamsa und nahm sogar Beratung von Swami Gautamananda an. Ich fühlte mich an diesen Tagen so einsam, dass ich eine ganze Nacht intensiv weinte, um die Vision von Gott und Lo zu bekommen. Ich konnte das Baby Krishna neben mir sitzen sehen.

Allmählich begann ich, mich zu analysieren, indem ich meine Verdienste und Nachteile aufschrieb. Ich habe versucht, mein Leben nach Gita zu leben. Aber zu viel Unterdrückung führt nur zum Gegenteil. In meinen Experimenten mit dem Leben habe ich viel gelernt. 1994 wurde ich nach dem Tod meines Vaters in ein Dorf namens Pichatur verlegt. Hier hatte ich die Möglichkeit, die Hügel von Tirumala, dieResidenz von Lord Venkateswara, mindestens 9 Mal zu besteigen. Hier wurde mir wieder der große Avatar shirdi sai baba vorgestellt. Eines Tages, als ich die Tirumala-Berge erklomm, wollte ich die Existenz Gottes testen. Als ich allein war, betete ich zu Gott, mir Seine Vision zu geben. Überraschenderweise saß jemand, der Shirdi Baba ähnelte, auf den Stufen und gab mir die erforderliche Sehkraft. Ich hatte zu viel Angst, um mich ihm zu nähern.

1998 kehrte ich aus Pichatur zurück und bekam die Gelegenheit, viele weitere Meditationen zu lernen. Auf der einen Seite lernte ich Yoga und Meditationen und auf der anderen Seite gab es ebenso herausfordernde Probleme. Ich habe mich immer dafür entschieden, in jeder Situation stabil zu sein. Natürlich gab es einige unterstützende Kollegen, die mir sehr geholfen haben.

Es gibt noch einen weiteren Vorfall, der schwer zu glauben ist. An einem schönen Samstagnachmittag kehrte ich von meinem Büro zum Busstand in einem Ort namens Maduravoyal in Chennai zurück. Ein großer Ochse wurde an einen nahe gelegenen Pfosten gebunden. Abwesend ging ich in die Nähe des Ochsen und fand mich sehr bald im Bruchteil einer Sekunde gehoben. Ich fand die Hörner des Ochsen in der Nähe meines Magens. Irgendwie sammelte ich Mut und stieß die Hörner und fiel mit zitternden Beinen zu Boden. Ich begann mit so viel Kraft wie möglich aus dem Ort zu fliehen. Als der Ochse gefesselt war, verfolgte er mich nicht.

Bis heute bin ich fest in meiner Geistesstabilität und Selbstbeherrschung, obwohl ich manchmal abgelenkt werde und mit einer Vielzahl von Emotionen ausbreche.

Dieses Buch selbst ist eine Widmung an die Menschheit, um mein Wissen und meine Erfahrungen zu teilen. Alles liegt in unseren Händen, obwohl unser Leben vom Schicksal bestimmt wird. Dennoch können wir erfolgreich aus jeder gegebenen Situation herauskommen, vorausgesetzt, wir haben einen starken Willen und Glauben an die Natur oder die universelle Kraft. Wir müssen uns Gott hingeben und in allem und jedem, was wir tun, Göttlichkeit sehen. Die Menschen mögen uns kritisieren und beleidigen, aber unser Bewusstsein weiß, dass wir immer auf einem spirituellen Weg sind.

Kapitel 9
Swami Vivekananda

Dieses Kapitel ist eine besondere Widmung an meinen spirituellen Meister Swami Vivekananda. Heute herrscht viel Trubel im Namen von Religion und Spiritualität. Die Menschen haben Bildung und Religion kommerzialisiert. Religion wird auch zur Förderung der Politik eingesetzt. Die wahre Natur des Hinduismus hat eine sehr schlechte Form angenommen. Jetzt ist es an der Zeit, die Menschen an die großen Seelen von Swami Vivekananda und Ramakrishna Paramahamsa zu erinnern. Ich bin diesen großen Seelen verpflichtet, weil sie meinen inneren Frieden und meine innere Ruhe geformt haben.

Swami Vivekananda wurde am 12. Januar 1863 in Kalkutta geboren. Er wurde als Narendranath Datta benannt. Er wurde am Maha Sankranthi-Tag als Sohn einer frommen Mutter geboren, die eine große Anhängerin von Lord Shiva war. Als kleiner Junge war Narendra immer unruhig und energisch, so dass es seiner Mutter schwer fiel, ihn zu kontrollieren. Als Student zeigte er große Talente und Intelligenz sowie seine Führungsqualitäten. Schon als kleiner Junge fühlte er, dass alle Menschen eins waren. Er war wissenschaftlich und analytisch in seiner Herangehensweise. Er glaubte nie etwas, nur weil es in einem Buch geschrieben oder von einem großen Mann erzählt wurde. Er bestätigte es nur, indem er es selbst testete. Er wuchs zu einem jungen Mann heran, der sich für Musik, Theater, Sport und Lesen interessierte. Er war ein Wissensspeicher, der sich mit seiner intellektuellen und umfangreichen Lektüre bestens auskannte.

Auch in seiner Kindheit zeigte er Anzeichen tiefer Meditation. Tatsächlich erlebte er im Alter von 15 Jahren seine erste spirituelle Ekstase.

Sein erstes Treffen mit Rama Krishna Paramahamsa war ein Wendepunkt in seinem Leben. Im Gegensatz zu vielen anderen seines Alters war er ein Junge der Reinheit und Keuschheit, wie von seiner Mutter gelehrt. Sein reines und tieferes Selbst wurde immer vom Leben der Entsagung angezogen. Sein spiritueller Meister Sri Ramakrishna liebte ihn sehr. Es war ein ewiges Band der Liebe und Hingabe zwischen den beiden. Das Ziel des jungen Narendras war es, Gott zu erkennen, und dafür nahm er Anweisungen und Anleitung von Shri Ramakrishna an. Shri Ramakrishnas Freude kannte keine Grenzen, als er den jungen Naren zum ersten Mal sah. Es sah so aus, als ob der erstere ihn mehrere Jahre lang suchte. Nach und nach trainierte Shri Ramakrishna den jungen Narendra so, dass der Junge während der Meditationen spüren konnte, wie sich sein Körper von seiner Seele trennte. Obwohl der äußere Kampf in der Spiritualität von Naren geführt wurde, wurde die eigentliche innere Transformation von seinem Meister durchgeführt. Früh in seinem Leben verlor Naren seinen Vater und hatte eine riesige Familie mit vielen Schulden, die bezahlt werden mussten. Er litt in akuter Armut und war so deprimiert und fragte sich sogar, ob Gott wirklich existierte. Es war in diesen Zeiten. An einem regnerischen Tag bekam er einige spirituelle Erfahrungen, in denen er das Gefühl hatte, dass alle seine Lebensfragen beantwortet wurden und alle Geheimnisse von Schleier zu Schleier entfernt wurden.

Nach dieser Enthüllung änderte sich seine Lebenseinstellung. Er war überzeugt, dass sein Leben entschlossen war, Mönch zu werden und der Menschheit zu dienen. Mehr als alles andere brauchen wir als Menschen die Führung eines wahren Meisters. Dieser große Meister war Sri Rama Krishna Paramahamsa, der all sein Wissen und seine spirituelle Ausbildung seinem aufrichtigen Geweihten Naren widmete, der später Swami Vivekananda wurde.

Obwohl der junge Naren im Grunde nicht an Rituale und Pooja und an die Anbetung von Götzen glaubte, initiierte Shri Ramakrishna ihn allmählich, die universelle Mutter anzubeten. Da Naren in akuter Armut war, bat ihn Sri Ramakrishna, für seine weltlichen Wohltaten zu beten. Aber als er sich jedes Mal der Göttin näherte, betete sein Geist nur um geistige Erhebung. Der junge Narendra war immer rein in Gedanken und Geist und er leitete die anderen Jungen, die unter Ramakrishna standen, auf die gleiche Weise. Er bestand auf Keuschheit, Reinheit, Selbstbeherrschung und Entsagung. Shri Ramakrishnas Lehren drehten sich um die Liebe zu Gott und die Liebe und den Dienst für die Menschheit, indem sie die Göttlichkeit in allen sahen. Echte Spiritualität, wie sie von ihnen immer und immer wieder erzählt wurde, war die Ausrottung weltlicher Tendenzen und die Entwicklung der höheren Natur des Menschen.

Shri Ramakrishna initiierte mehrere. Von den jungen Jüngern in das klösterliche Leben, was Naren zum Anführer machte. Und so gründete er selbst den Rama Krishna Mönchsorden.

Swamiji reiste als Wandermönch vom Himalaya nach Kanyakumari. Auf einem Felsen sitzend, fühlte er tief für die Nation. Er war ein Patriot und ein Prophet in einem. Sein Herz krümmte sich vor Schmerz und blickte auf die Armut und Hilflosigkeit des einfachen Mannes in den Händen der Reichen und der sogenannten Führer. Er wollte den Ruhm unserer Nation in die Außenwelt bringen. Er besuchte das Parlament der Religionen in Chicago, das den Hinduismus und Indien vertrat.

Weitere Einzelheiten seines Dienstes für die Menschheit werden in meinen kommenden Büchern hervorgehoben.

Lassen Sie uns dieses Buch mit einem Zitat von Swamiji beenden: "Wahre Freiheit und Glückseligkeit konnten nur vom Einzelnen und nicht von den Massen als Ganzes erreicht werden".

Kapitel 10
Fazit

Damit schließe ich dieses Buch. Ich wünsche Ihnen allen eine glänzende Zukunft.

Denken wir daran, reine Gedanken zu haben. Denn der individuelle Geist steht immer in Gemeinschaft mit dem universellen Geist. Unsere Gedanken tragen definitiv zum mächtigen Ozean des Universellen Geistes bei. Frieden, Harmonie in die Gesellschaft zu bringen und sie mit der Liebe und dem Glück zu füllen, liegt letztlich in unseren Händen. Wir müssen in allem und jedem bewusst das Göttliche sehen. Dies ist die höchste Sadhana. Wenn Sie dies selbst praktizieren, werden Ihre Einstellungen, Überzeugungen und Meinungen gereinigt.

Denke daran, dass wir weder der Körper noch der Geist sind. Wir sind alle von Natur aus unsichtbare Seelen. Dies ist ein Körper, der bei jeder Geburt zerstört wird. Unsere Gedanken werden in Form von Karma weitergetragen, streben danach, ein stabiles und selbstkontrolliertes Leben zu führen und Göttlichkeit überall und in jedem zu sehen. Wir bewegen uns auf die universelle Wahrheit zu. Es kann sein, dass wir in einem Leben in unserem Gleichgewicht nicht erfolgreich sind. Aber unsere Seele bewegt sich weiter zur nächsten Stufe für ein besseres Wesen und um mit der universellen Natur verschmolzen zu werden. Wie wir alle wissen, dass die Natur überall einheitlich ist, ist auch Gott oder die universelle Kraft eins. Für unsere Bequemlichkeit haben wir sie in verschiedene Namen und Religionen unterteilt. Gehen wir alle auf eine universelle Religion zu, die die Liebe ist. Göttliche Liebe kennt keinen Tauschhandel. Göttliche Liebe ist wie eine Kerze, die andere erleuchtet und anderen dient. Vergib dir selbst und dehne dein kleines Selbst aus, um das gesamte Universum einzubeziehen. Sieh die Göttlichkeit überall und in allem. Allmählich kannst du die Wärme der göttlichen Liebe spüren.

Wir sehen uns bald in einem weiteren Projekt.

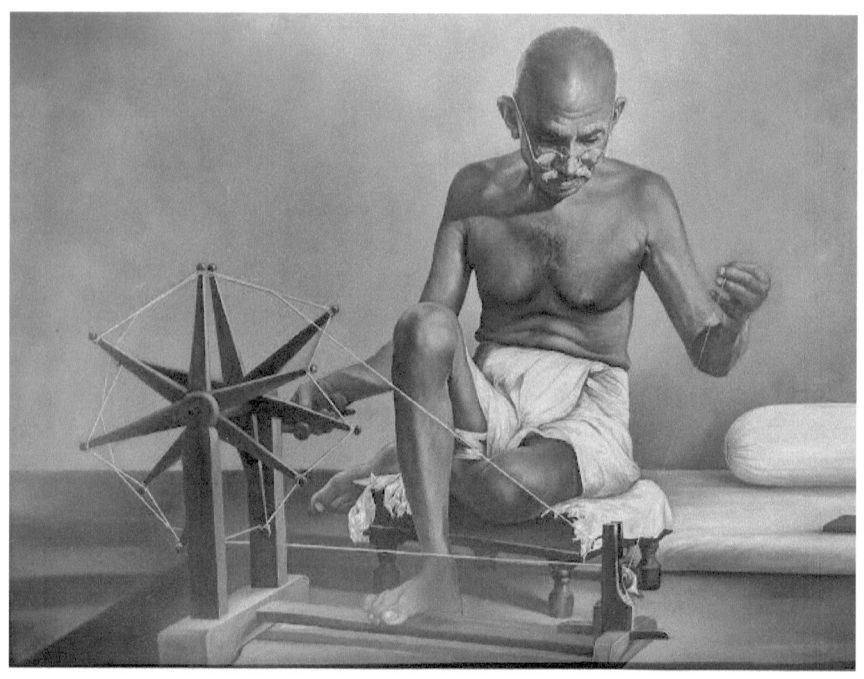

www.ingramcontent.com/pod-product-compliance
Lightning Source LLC
LaVergne TN
LVHW041221080526
838199LV00082B/1862